U0074417

稻草人迪克

林奇梅 著

自序　思鄉情怯

豪士頓山的山腳下有一條涓涓的小河叫波恩溪，河水清澈而蜿蜒崎嶇，河畔兩旁綠樹如蔭，迎風吹拂，垂柳與水草低語，真像圍繞著故鄉溪洲村四周圍的溪洲溪。

小山裡，有一大片蓊鬱翠綠的森林，森林裡有很多種不同的樹木，它們隨著四季，有了不同顏色的變化，我喜歡來此地踏青和散步，接受自然的洗滌並滋潤我的心靈，豐富我的智能，擴展我的胸襟。

踏在禾黃的野草地上，看見寬廣的麥禾穗穗鼓鼓，成熟的串串馬鈴薯，想念嘉南平原上稻米田的秋割，和一大片番薯園的豐收景象，田園裡有肥肥的田鼠，看見農夫的來到，驚慌失措得到處逃竄，他們細小淩厲的牙齒，咬著番薯

的可愛模樣，使我油然而生的想為老鼠們寫故事。

〈魯濱草原的老鼠平平〉，一隻聰明懂事而求知慾非常強烈的小老鼠，由於好奇心和冒險精神的驅使，在旅行中，他離開了群隊，自行前往深山裡探險，而沒有按時間歸隊，使得家人、朋友為之等待和擔心，故事啟示孩子們，生活在一個團隊裡，必須要有合作的精神，想要做自己不熟悉的事情時，不能為所欲為的作決定，需要顧慮到會不會發生危險？會不會有什麼壞的結果？或是會影響了別人或是整個團隊？欲做任何事情必須深思熟慮，居安思危，尤為重要。

讀萬卷書行萬里路，旅行增廣見聞，豐碩了腦力，旅行是填補心靈空虛的好方法，也是休閒和健身的有效方式，回憶兒時，父親時常帶我們攀登高山，走過百層的健身台階，登高遠望，視野寬闊，沐浴在山明水秀、風光明媚的景色裡，身心頗為舒暢。

〈稻草人迪克的旅行〉，梅爾帶著全家人和迪克一起由南至北的短暫旅行，除了能知道有意義的歷史典故，增加學習的興趣外，還可以了解偉人成功的生活哲學，懂得取之於社會，回饋於社會的奉獻精神。

家鄉溪洲前院的空曠之地，是理想的曬穀場，後院寬廣的園林，種植很多果樹，楊桃和蓮霧的果實成熟，汁液甜蜜令人垂涎欲滴，蟬鳴寂寂，歌聲綿遠，減弱了整個夏季的暑氣，顆顆粒粒的芒果高掛在枝頭上，隨著微風的吹拂，搖搖晃晃地可愛極了，成熟的芒果，帶點微紅暈黃的顏色，品嚐起來香味可口，別有一番情趣。

果樹下是雞、鴨、鵝等家禽午睡乘涼的好地方，後院的雞窩場，飼養了家禽無數，霧氣濃密，公雞啼聲宏亮劃破了靜謐的夜。黎明即起，灑掃庭院，餵養雞群的一情一景猶在眼前，〈安迪農場的公雞偉偉〉，一隻勇敢有毅力且努力不懈怠的公雞，他不屈不撓的精神，令人敬佩。

祭神祈求平安，拜祖先是慎終追遠，表揚祖先的豐功偉業，重陽登高，更是敬老尊賢，懂得感恩的盛事，〈芭芭拉山的巫婆姊妹〉，姊妹情深的三個好巫婆，在萬聖節和感恩節的時候，懂得以傳統的風俗習慣，感恩和歌頌祖先們的虔誠崇敬之心。

氣候的瞬間變化，風瑟瑟，帶來了深情意濃的楓紅，冬天凜冽的風雪襲擊豪士頓山上的樹，樹兒雖是枯枝殘葉的身軀，卻筆直站立接受考驗，而使自己更為成長茁壯。沿著波恩溪散步，小河水流緩緩，雨點打在水上，濺起了水花，水面泛起陣陣的漣漪，很是美麗，登上拱形的橋，放眼周圍，我思鄉情怯，憶往情深，不能言語。

草原裡，看見野兔昂首，提高了脖子，豎起長耳朵，張大了眼睛觀望，似乎在聆聽著鳥語，聞著花香，接受風聲傳播的信息。突然地，我看到幾隻老鼠在草地上賽跑，希望他們像尾巴蓬鬆的松鼠有爬樹的功夫，能在縱樹及橡樹爬

自序

上爬下，然而，令我失望，他們只是在田園和草原裡，互相玩起追逐的遊戲，他們的動作敏捷靈活，不一會兒功夫，已經逃之夭夭而不知去向。

藉由華文的教育，傳衍中華文化給新一代的子弟，這是我從事文學與教育的目標，以兒童喜愛的動物，擬人化的方法來為兒童說、寫故事，這是繼《稻草人傑克》和《稻草人貝克》兩本已經出版而備受歡迎的著作後，我再以稻草人為題材寫的兒童故事，我以不成熟又粗淺的手，畫出故事中的少許插圖，於是，耐人尋味的稻草人第三集名為《稻草人迪克》，就如此的誕生了。

但願《稻草人迪克》故事裡的片段能與讀者共鳴，我的愛心能播種在小朋友的心田，也藉著這一本書的出版，能夠讓我的故事傳到世界各個角落裡。

林奇梅

二〇一〇年一月七日　於倫敦格林佛小鎮

稻草人迪克

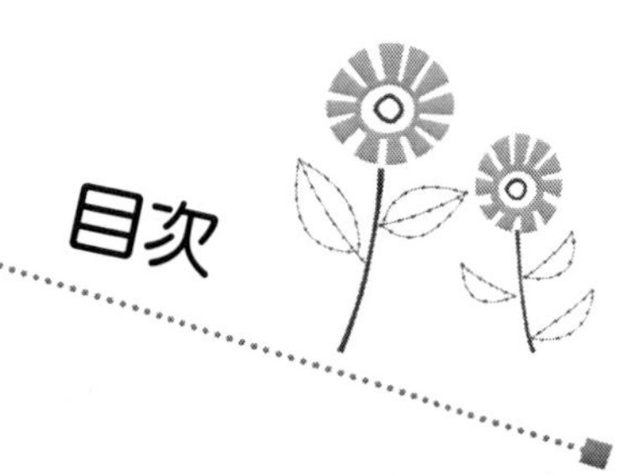

目次

第二輯　稻草人迪克的旅行

目次

稻草人迪克

第一輯

安迪農場的公雞偉偉

七象園的由來

英國南部的肯特郡是英國美麗的鄉村之一，肯特郡有很多著名的小鄉鎮，各個鄉鎮的風景非常的優美而且各具特色，田園風光美麗而麥田一望無際，那裡的人非常的樸實和親切。鄉村裡種植了很多的農作物，這一些農作物除了可以供應英國本土，還可以外銷到歐洲的鄰近國家。鄉鎮保存了英國傳統的風俗習慣，其中有一個鄉村位於著名的「西弗古堡」附近，名為「七象園」，那是一個非常有名的地區。

「七象園」是個小鄉村，向來是以風景美麗而著名，它的地理環境是高低起伏的丘陵地，只要你走在鄉村道路上，放眼望去是一大片一大片綠油油的綠野，在這些綠野田園裡有很多座農場，其中有一座較小而靠近亞當河的著名農場名叫「亞瑟農場」，是由梅爾・漢姆特先生所經營的。

梅爾・漢姆特和露西結婚多年，育有兩個兒子和一個女兒，大兒子名叫查理・漢姆特，是個大學生；女兒名叫蘿拉・漢姆特，已經十五歲；小兒子吉米・漢姆特年僅十二歲。他們在學校都很認真學習，在家裡除了幫父母的忙外，也非常聽話，深得梅爾與夫人露西的疼愛。梅爾和露西所經營的「亞瑟農場」非常成功，梅爾夫妻恩愛，家庭幸福美滿，一家人過得快樂平安。

「七象園」除了是一個風景美麗的鄉鎮，這裡的學校教育也頗受人們的稱讚。梅爾的女兒蘿拉念的學校是一所政府的文法公立學校，所謂文法公立學校就是學生都須經過競爭的考試及格，而被錄取的學生才能就讀，所以學校裡每位學生都非常的優秀，學校嚴格有如私立學校，但是卻不像私立學校必須繳交昂貴的學費，相反的，來學校就讀的學生不用繳交學費及學雜費，而且成績好的貧窮學生，還可以獲得學校的補助獎學金。

蘿拉在學校裡有很多朋友，她們都住在同一個鄉鎮，大家都一起上學，

一起玩遊戲。蘿拉學校的學科很多，她和爸爸一樣都喜歡歷史科，在上歷史課時，蘿拉和她的朋友們都喜歡聽歷史老師講解英國和世界各個城市的歷史，蘿拉和朋友們對於「七象園」這一個都市的名字都感到好奇和疑問？那就是為何這一個小鄉村會被稱為「七象園」呢？

蘿拉曾經問過了媽媽露西：「媽媽，你知不知道為什麼我們住的鄉鎮就叫做七象園呢？」

露西回答說：「蘿拉，我不是很清楚，大概是這一帶的人，他們的祖先大都是來自印度吧！」

蘿拉問了爸爸梅爾同樣的問題：「爸爸，你知不知道為什麼我們住的鄉鎮就叫做七象園呢？」

梅爾回答著：「蘿拉，我在學校念書的時候，我的歷史老師好像有說過這一個的故事，據他說，這一個鄉鎮曾經養了動物大象，所以才取名為七象園，至於更詳細的故事，我不是很清楚，你的好學精神是值得讚賞，有了問題，必須尋根究柢，找到最好的答案，對於這一個問題，當你上歷史課時，何不去問你的歷史老師，他可能比我們更清楚。」

梅爾和露西都不是很清楚，蘿拉同學的爸爸和媽媽，甚至於親戚朋友們也都說不上來，於是為了得到最好的答案，也是最好的方法，那就是去問歷史老師布朗先生。

布朗先生在學校是一位資深的歷史老師，他對於英國的歷史頗有研究，他很肯定地回答說：「親愛的同學們，你們知道印度是世界上生產大象最多的國家，而且大象又是印度人的神，印度的很多廟宇都有供奉祭拜大象神，印度曾經是英國的殖民地，當時在印度最為有名的企業公司就是西印度公司，西印度公司專門做英國與印度的各種的進出口生意，他們也為動物園協會進口各種的動物，其中最為大宗的動物就是大象。」

布朗老師又繼續說著：「當時政府考量了很多地方來作為大象的居所，英國南部的肯特郡是英國最為著名的風景區，小山連綿而綠野寬廣，天氣也比較暖和而空氣清新，最適合闢為大象園區。當時有很多鄉鎮都歡迎大象的來臨，而爭取願意與大象當鄰居，經過動物專家和政府們多次的考察和評量，認為肯特郡的綠野多又寬廣，讓大象住在這兒會比較好，就決定將肯特郡最為綠野的地方作為大象的居所，於是肯特郡的居民經過多次的爭取終於有了成果。當時，進口的大象有七隻，並且就以大象住的地區命名為七象園區，從此地方政府就鼓勵七象園的農民多設農場，發展七象園的各種建設，以及建設七象園作為肯特郡的觀光區。」

蘿拉和朋友們對於歷史老師布朗先生所講解的「七象園」故事，都聽得津津有味，也一一紀錄下來，她們終於得到答案，大家都拍手叫好，感謝老師。

安迪農場的歷史

在這一個丘陵起伏有致，山兒並不高的七象園，是一個樸實的鄉鎮，農地曠野廣大，栽種著麥子和各種的五穀雜糧，梅爾在市政府的農業廳做事，是一位農業推廣專家，這一個鄉鎮裡的農場經過政府多年的推廣，和農民的通力合作，大小農場特別的多，各個農場的經營甚為順利如意，其中有一座較大的是「安迪農場」。

安迪農場是蘿拉的二舅李察・康克先生所擁有，安迪農場的設立是有其歷史的，據主人李察說，在十六世紀時，他的曾祖先名為彼得，彼得曾經是亨利八世王的忠心侍衛，也是女王伊麗莎白一世的將軍，曾經為女王在爭取王位時立下了很大的功績，女王伊麗莎白一世為了感恩，除了授勳給彼得，還贈予肯特郡一帶的大片土地。

彼得的後代沿襲著傳統，都是皇室的將軍，但是，歷經幾百年的傳承，家族成員多，家族中出現了一位農業專家，那就是漢姆。漢姆並不是長子，他不想做官，因而可以不用因襲舊傳統，而可以自由選擇職業。漢姆對於農業的經營較為有興趣，他繼承了祖先的一大片土地，將其闢為兩座大農場，那就是肯特農場和安迪農場，他將肯特農場贈給大兒子泰勒，而將安迪農場贈送給二兒子李察，於是肯特農場和安迪農場就成為英國南部肯特郡的兩座著名農場。

安迪農場除了種植稻米和小麥外，還種了五穀雜糧，農場裡也養了各種的禽類，例如豬、雞、鴨和鵝等等。這一個農場在當地最為人人所稱道的莫過於是養了很多種類的雞，這一些雞除了能生產品質優良的雞蛋，也供應各個超級市場上等的雞肉，安迪農場的雞肉肉質纖維細而肥嫩可口，備受市場的需求和客戶的喜歡，所以安迪農場是超級市場最大的雞肉供應農場。

▲安迪農場裡的雞鴨們時常在一起話家常。

由於安迪農場的耕地廣大，雞群的種類多，為了安頓這一些不同種類的雞群就必須要有大小不一的雞屋子，也需要良好的安全設備和妥善的照顧。安迪主人李察對於農場的經營非常專心投入，從小跟隨父親到各地的農場參觀，也陪父親到田裡幫忙耕作，因此長大後也喜歡上了農場，大學畢業就放棄在倫敦高薪的銀行員工作，而回到了故鄉七象園，繼承父業，經營農場。如今安迪農場在他多年的經營下，成為英國肯特郡地區有名的農場，同時也是最出色且受歡迎的雞農場。

安迪農場的著名除了是因為雞肉的肉質結實，這種雞肉經過烹煮後，吃起來滑嫩可口。雖然農場的安全與衛生設備很現代化，但是對於雞群的飼養卻採取一種特別的古老的飼養方式，也就是讓雞群白天在農場裡自由自在的玩耍和活動，到了晚上，則主動回到雞窩裡。

李察也為了日漸擴大的雞群而建築了幾座非常衛生而安全的雞窩房，除了可以防範附近山上的不速之客狐狸的侵襲，更可避免雞窩疾病感染，農場裡有為雞群而請的營養調理師，也有良好的家禽醫院，因此安迪農場是一個非常忙碌的農場。

安迪農場的夜晚靜謐，只聞蛙鳴蟲唧，晴朗的天空裡，一輪明月高高地掛在無際的天空上，顆顆粒粒的星星閃爍地與月兒眨眼，清晨起來，聽到樹上各種鳥兒的鳴吟，農場四周圍有公雞們的啼叫聲，從公雞的啼叫聲裡，知道公雞是否是年輕而健壯的。強壯的公雞，他的啼叫聲，是宏亮的，是雄壯而具威武的，而且強壯的公雞的雞冠顏色是鮮豔紅潤，英挺而美麗的，他們走起路來昂首闊步、精神抖擻。

蘿拉的拜訪

蘿拉在通過了英國國家統一的初中生會考後，感到無比的興奮，因為考完試便暫時沒有功課的壓力，於是在暑假裡，就來到了二舅李察的農場，一則可以跟舅舅學習如何經營農場，二則可以與表弟妹們相處遊玩，更何況她對於舅舅農場的雞群們有了一份特別的感情。她的來臨與拜訪很受舅舅與舅媽的歡迎，表兄弟們更是高興，因為表姊很會說故事，每天睡覺前他們都會有精彩的兒童故事可以聽，他們也可以與表姊學習唱歌和跳舞。

蘿拉習慣於早晨早起，吃完早餐後，提了一只菜籃子，籃子裡放了一些米粒、穀物和切細的蔬菜，她走到安迪農場的幾棵大栗樹下，她模仿著雞的聲音，輕輕地叫了幾聲，同時也灑下了五穀米粒和蔬菜，蘿拉看見母雞們帶著小雞從樹叢裡，快快地奔跑，來到栗樹下撿拾穀物和米粒，小雞們也爭先恐後地你推我擠的搶著吃米粒，母雞咕咕地循循善誘和諄諄教誨小雞們撿拾食物的方法，小雞們認真的學習，母雞的一片愛心和耐心，充分表現了母愛的光輝，蘿拉看著想著，感觸良多，也受到很大的啟示，她沉醉於母愛的芬芳情景裡。

突然間，蘿拉看見有一隻巨大的老鷹正在空中飛翔盤旋，這一隻老鷹刻意在找尋小雞當食物，她也看見一群雞，慌慌張張的逃竄模樣，她更看見母雞保護小雞的咯咯咯……咯咯咯咯急叫不停的求救聲音，母雞呼叫公雞快過來保護小雞們的緊張與不安的神態，雞群的親戚朋友們更是守望相助地追趕著小雞快一點回家的情形，她也看見公雞跑在最後驅趕小雞們的耐心，這一切情景讓她領悟到人性特有的道理，那就是性本善和慈愛。

她看見雞家族的團結合作與雞家族的相親相愛，也就是像我們人類一般家庭的每日生活的寫照一樣，在她小小的心靈裡，她從母雞的慈愛，公雞的負責任，雞家族的通力合作，小雞們的可愛和聽話，了解到母愛的光輝與父愛的富有，以及家和萬事興的家族觀念。也因為有如此光輝的愛，才使得小雞們能夠躲避這一場驚險，這個雞家庭生活，是多麼融洽與快樂，他們和人們一樣，是充滿著濃厚的情感，蘿拉被此情此景深深地感動了，並且她也看見雞家族與主人之間的友誼而深深地產生了感佩之情。

蘿拉抬起頭來仰望著藍藍的天空，天上的雲有了層層噴射似的微紅，它艷麗帶點白色的魚鱗色彩，太陽開始從東方漸漸的升起來了，蘿拉看見陽光照射高掛在栗樹上粉紅蠟燭似的串串花朵上，閃閃微紅的光彩，美麗極了，她期盼著今年的栗樹能像往年一樣，結了很多的果實，好讓學校的學弟妹們都能有個快樂的玩起打板栗遊戲，就像她當年在小學時一樣，有個快樂的童年。

來到舅舅的農場，她感到非常的踏實與自在，最主要的原因是她已經通過了英國最為重要的初中會考考試的十項學科，這一項考試她獲得了五個特優加上了五顆星星。她感謝爸爸和媽媽對於她的鼓勵和幫助，這樣的成績，也達到自己的期望和目標，爸爸梅爾和媽媽露西甚為高興，更讓他們引以為榮，蘿拉與弟弟吉米倆的姐弟情深，吉米對於姐姐的認真和努力用功，能完成最好的考試成績甚為羨慕，蘿拉的表現更是弟弟吉米的好榜樣。

參觀了拍賣市場

蘿拉在舅舅的家裡與表弟們相處的非常愉快，在舅舅農場裡除了學習如何照顧家禽外，甚至她還陪著舅舅到各地的市場參觀，更為有趣的事情，她也陪著舅舅去了一年一度最為熱鬧的牛與羊的拍賣市集。為了趕著去市集，他們必須早起，要去參觀或是在拍賣現場做買賣之前，他們必須細讀並了解被提出拍賣的各種牛羊品種和價格行情，更為重要的是牛羊的健康程度，牛羊的家族，和自己迪克農場的實際需要來作為價格判斷的依據。

在拍賣市場裡，透過舅舅一一的介紹，蘿拉也認識了很多的長輩，蘿拉見了長輩們都有自己的農場，他們豐富的經驗，和見識廣博的農業經營理念，她甚為尊敬。

蘿拉也認識了幾位與她年紀相似的朋友，蘿拉除了與她們聊天外，同時也彼此交換學校的學習心得，在拍賣市場這天的遊覽和觀察，蘿拉感到興奮好玩，這些不僅對於蘿拉在學習農業經營的理念，是一種很好的見習機會外，更使她在人際的關係上有了良好的學習經驗。

安迪農場的學習教室

星期天，蘿拉與表弟妹們陪著舅媽去了教堂，他們在教堂的主日學校裡學習讀聖經和唱聖詩。做完了禮拜，他們也順便來到了英國最大的鐵世客超級市場，鐵世客超級市場，是目前英國最為有名的大超級市場，他們看見鐵世客超級市場確實是一個非常忙碌的大超市。蘿拉與舅媽買了米、麵粉，一些肉類、蔬菜和水果，同時也買了一些餅乾和巧克力，他們在印度店裡挑選了一些特殊的咖哩粉以及烹煮用的藥草粉。印度人經營雜貨除了辛勤努力外，他們更有一套經營哲學，那就是精打細算和服務顧客為第一。

蘿拉與表弟妹們有了很好的週末，吃完晚飯後，表弟妹們精神好，他們來到書房裡讀書和畫圖，興致高昂，蘿拉除了教導表弟妹們學習外，也感受到弟弟妹妹們學習的熱忱，於是她的話夾子也開啟了，高高興興地為他們說出一連串的公雞故事。

達達公雞的成就

安迪農場裡的雞農場非常的大，也非常地熱鬧和乾淨，由於農場大，所以建有很多座雞窩屋，每一座雞窩屋裡住了很多對的雞家族，每一隻雞都長得漂亮和瀟灑，小雞們也都長得可愛而討人喜歡。

安迪農場裡有一位負責整個農場安全的稻草人名叫迪克，他長得帥又瀟灑，他的打扮和穿戴非常的帥氣而特別。

農場裡稻草人的穿著和打扮都是由主人來決定，一般說來主人都會拿自己穿過，簡陋且破舊的衣服來為稻草人打扮，但是安迪的主人卻不是這樣的想法，相反的，他為了幫迪克打扮，曾費盡了腦筋。

稻草人迪克每天工作得非常辛苦，但他從來不抱怨，也不嘮叨，從早到晚都不曾休息，在白天裡，他除了看管著農場的稻禾，以避免被不速之客的鳥兒侵襲外，晚上他必須注意著狐狸，可能會在半夜來到農場侵害雞窩裡的雞隻們。每到天亮前，迪克爺爺因為整天的工作，他已經非常的疲倦而需要休息，所以負責啼叫天亮的工作，就落實在公雞們的身上。

安迪農場附近有另一個很有名的農場叫做肯特農場，肯特農場是李察的哥哥泰勒所擁有，也就是蘿拉的大舅舅所經營的第一個農場，它的規模與安迪農場類似，但是經營的時間較為長久，農場裡大宗生產是雞肉和雞蛋，其品質頗受英國各地超級市場的歡迎，這一個農場裡的雞家族非常龐大，雞的種類也特別的多，由於這一個農場較為有名，它的地理位置比較靠近肯特郡的安斯山，安斯山是一座非常有名的山，它是英國南部風景名勝區，在這一座山的山腳下有一座英國有名的古堡，那是英國最為有名的國王名為亨利八世的許多古堡之一。

當然，越靠近山區，山嶺裡的野生動物較為繁多，其中的野生的狐狸不少，狐狸對於農場裡的雞感到非常有興趣，所以肯特農場被狐狸侵襲的機會也較大。

幾年前，在肯特農場裡就曾經有過一件轟轟烈烈的事情發生，這故事有口皆碑，所有肯特郡區的農場都知道這一件事，說起這一個故事是多麼令人興奮和稱讚。

故事的大要是肯特農場的達達公雞戰勝了敵人狐狸的故事，達達公雞是一位盡忠職守、責任感濃厚而不怕危險的一隻公雞，自從他戰贏了狐狸，從此以後，山嶺裡的狐狸再也不敢來侵襲，肯特農場也備覺平安，雞窩農場裡的雞家族和其他家禽都非常的尊敬達達，達達雖然備受尊敬，但是他不會因此而驕傲，他每天仍然努力地啼叫，而使得農場所有雞家族，豬家族及羊馬等的家族後輩子弟，每天都能依學校的讀書時間上學而不遲到，達達公雞每天也努力地維持著整個雞家族成員的安全和環境的秩序。

連續了幾年，肯特農場以及附近其他大小不等的農場都非常的豐收，雞的產量多，雞蛋的品質好又備受客戶的歡迎，泰勒有好的經營哲學觀念，所以生意非常的好，肯特農場也因此聲譽遠播。

一年一年過去，達達公雞年紀漸漸的大，當他老了，他就必須退休，由於他在肯特農場所建立的功績非常的偉大，在他的一生中除了盡忠職守貢獻於工作外，對於不同雞家族成員的照顧也頗多，他與母雞圓圓的婚姻也非常的美滿幸福，他們擁有很多子孫和後代，當達達公雞年紀大了就退休，但是他是一個喜愛工作的大公雞，他仍然退而不休地為農場做更多的事情，於是達達公雞就被肯特農場的雞家族選為肯特農場的雞長老。

自從達達公雞當了長老以後，他幾乎成為肯特農場主人泰勒家族所有雞農場的大忙人，為什麼達達只是一隻公雞，卻受到肯特農場和安迪農場的歡迎呢？

其實答案非常地簡單，也很容易讓人了解。那就是達達公雞和藹謙虛，努力工作，不辭辛苦，樂意助人，勇敢不畏懼，懂得與雞家族溝通往來與合作。

安迪農場的公雞社會

負責早晨天亮的啼叫，對於公雞來說是一件神聖的工作，啼叫是一隻公雞天生自有的本能和技巧，但不是每一隻公雞都會有雄偉的啼叫聲，也不是每一隻都有相同的啼聲，也就是說不是每一隻雞都是好的啼叫公雞，在安迪農場的雞家族大，雞窩家族的成員多，長大的公雞也不少，可是哪一隻公雞的啼叫聲大又響亮？又有哪一隻公雞的膽量大，願意負責整個雞窩農場夜晚的安全呢？這就是一個令人難解的題。

由於安迪農場裡的雞家族種類多，因為多，所以就要分為十個地區，這十個地區分別是以數字號碼來區分，分別是第一，第二，第三，第四，第五，第六，第七，第八，第九及第十等，雞家族每年都會選二十隻公雞來輪流做事和巡邏。

這二十隻公雞是從十區的雞家族的角逐者代表選出，今年參加角逐的雞約有一百隻，負責選出這些雞代表的是由雞家族的元老，很幸運地，肯特農場的達達公雞備受尊敬，所以同樣是親族，當然他也被安迪農場雞的家族選為名譽元老，所以他也有資格當起裁判。

話說這些被選出來的公雞就是代表這十區的雞家族，他們必須依照雞家族工會所規定的工作來做，那就是負責晨起的啼叫，啼叫的時間必須準時，聲音必須強而有力，此外，就是必須負責雞農場的巡邏工作，隨時注意雞家族的安全，夜晚的巡邏工作則分別由這二十隻公雞輪流更替。

公雞偉偉的身世

每年安迪農場都會選出二十隻公雞作為雞家族的巡邏員及報曉員，那是例行事務，今年也不例外，安迪農場的公雞偉偉，是達達公雞元老的外孫，達達公雞與母雞圓圓結婚後，他們有了很多的後代，其中有一個女兒遠嫁到安迪農場，公雞偉偉就是達達公雞的第一百個外孫。

公雞偉偉的媽媽名叫愛琳，她有著媽媽圓圓的遺傳，很美麗的臉蛋和瘦瘦的身材，兩眼明亮而且有神，喜愛運動和跳舞，聲音非常的溫柔而迷人。公雞偉偉的爸爸名叫戴爾，是安迪農場的歌手和小提琴手，當他早晨啼叫時，他的聲音響亮有精神，很受安迪農場的雞家族的歡迎和喜愛。戴爾是一位盡忠盡職的公雞，很受達達公雞的讚美，他時常向人誇耀有這隻公雞戴爾作為女婿，讓他真的引以為榮。

公雞偉偉是戴爾公雞和愛琳母雞的第十個孩子，公雞偉偉在本次的公雞角逐競賽裡，能夠脫穎而出是一件讓人高興的事情。公雞偉偉的長相主要遺傳了父親的外表，他長得帥又高，艷紅的雞冠，美麗的臉蛋，兩眼炯炯有神，他身上的羽毛是金紅帶點褐色綠點的紅花黃羽毛，非常健康閃爍，他的啼叫聲宏亮

有力有神，其聲音備受母雞們的歡迎，同時他又具備母親的溫柔和智慧，偉偉公雞的瀟灑和帥氣，很吸引雞家族母雞們的青睞，她們多麼期望有一天會是偉偉公雞的女朋友。

金絲雀珍妮的來訪

今年的春天是多麼溫暖的好天氣，種在安迪農場四周的擋風牆是一種梨樹，今年的梨花很盛開，整個擋風牆開滿紅白及粉紅色的花兒，花園裡的草地更是一大片花海，那是拇指頭大小的紫紅藍白黃的番紅花點綴在綠色的草地裡，黃色的水仙花一排一排的列隊在花園牆，他們像是舉著大喇叭，正在吹著春神的歌，美麗的蝴蝶和嗡嗡的蜜蜂在花叢間飛舞著，這是多麼令人興奮而精神抖擻的季節。

▲公雞偉偉，每天清早昂起頭，向著東方啼叫。

春天天氣是鳥兒最為活躍的季節，住在英國北部的約克郡芭芭拉農場的金絲雀鳥珍妮，就在春天三月裡的有一天，帶著女兒瑪格利特和兒子喬治，遠從英國北部芭芭拉山飛到了安迪農場來拜訪，為什麼她們遠從幾百哩以外的城鎮約克郡，來到英國南部的肯特郡的安迪農場呢？聽說珍妮遠從約克來拜訪的消息，傳到肯特農場達達公雞的耳朵裡時，達達公雞還甚表驚奇！

無論肯特農場或是安迪農場的雞群們是否歡迎或是表示驚奇，珍妮的拜訪確實有其正當的理由和辛苦。

珍妮的來訪有幾個理由，第一是要負責安迪農場的稻草人迪克前往拜訪住在芭芭拉山稻草人貝克表弟的聯絡事宜；第二由於才剛過了中國新年不久，雖然已經進入了春天，天氣仍然很冷，珍妮為貝克傳送信息給迪克爺爺，並且也贈送爺爺一條蘇格蘭格子花的圍巾；第三珍妮的表姊蘭蘭的女兒小雲雀露絲於春天的三月四日就要結婚，珍妮帶來了別開生面的禮物，蘋果花環和曬乾的紅梅和藍梅種子所做的項鍊來祝福；第四住在雷恩山莊的美麗的天使小燕子莉芬，她和家人就要在三月七日從非洲飛回到英國南部的多佛港口，珍妮參加露絲的喜宴後，就要前往港口迎接小燕子一家人再一起飛回約克鎮了。

金絲雀一家人帶來了快樂，稻草人迪克爺爺多麼高興和開心，他的臉部光彩無比，而兩隻手搖擺不定地向珍妮歡呼著，雞農場裡的所有雞仔們聽到珍妮的歌聲更是讚不絕口，母雞們更是圍著珍妮問東問西，還問她如何來保持身體的苗條，她們嘰嘰咕咕嘰嘰咕咕地說不停，大家都興奮異常，她們很歡迎這一位著名的鄉村歌手。珍妮是一位善於唱歌而又長得美麗的慈善天使，整個安迪農場有了珍妮一家人的來訪可真熱鬧極了。

安迪農場有了珍妮的來訪顯得生氣蓬勃，稻草人迪克高興披上了珍妮帶給他的蘇格蘭圍巾，遠遠地看著迪克，他是多麼地快樂和大家招手歡呼。

頑皮的金絲雀喬治

喬治是金絲雀中最小的兒子，喬治長得帥，許多鳥兒都很喜歡也很欣賞他的瀟灑，他的歌聲遺傳了媽媽珍妮的最大優點，那就是歌聲婉轉而輕脆嘹亮，但是他沒有珍妮的謙虛和耐心，他又是一隻頑皮的鳥兒，對於別人的稱讚，他時常以此而自豪，有時甚至於太放縱，常受到媽媽珍妮的處分，平常在家時，她處分喬治是要他清潔芭芭拉山掉下來的許多果子和雜樹葉。

安迪農場自從舉行了公雞啼聲和守衛戰鬥比賽後，被選上的公雞們已經組織了公雞守衛群隊，這一個群隊的成員，就必須輪流執行早起啼叫和巡邏安迪農場和保護農場安全的工作，他們執勤的時間也非常的長，雖然這些工作甚為艱難而辛苦，然而，大家都知道這些公雞群都是忠心職守，而個個都是很負責的成員，自從安迪農場設立了公雞守衛群隊以來，甚少發生狐狸的侵襲，因此

公雞守衛群隊備受讚賞和尊敬。

公雞偉偉自從當了這一隊的隊員，就必須依照執勤隊的時間安排，輪流執行早起啼叫和巡邏安迪農場的義務工作。公雞偉偉有外祖母圓圓的堅強個性，他努力勤奮，不怕辛苦和艱難，偉偉公雞與稻草人迪克有深厚的情誼，他會在每天工作後的休息時間，來到稻草人迪克的身旁，勤練啼叫，而迪克總是會給他最好的建議和指揮，甚至還會拍手歡呼叫好。

公雞偉偉的努力受到執勤委員評審會的賞識，不久他就被選為啼聲最為好聽的公雞，偉偉接受了這一個頭銜後，就要學習外祖父達達公雞的服務精神，徹底執行早起啼叫和守衛的工作，並且必須堅定而深具耐心。

公雞偉偉長得帥，母雞們喜歡和他做朋友，他時常與母雞們玩追逐遊戲，他啼叫的聲音更受母雞們的稱讚，他每天都來到安迪農場的橡樹林下，習慣於學著外公達達公雞的動作，腳跟抬起閃動著雙翅膀，飛到了籬笆的台階上，提

高了腳趾，上下左右踢著，展展翅膀前後啪啪再運動一下，然後，對著東方的天空，昂起頭來，開始今天的第一聲啼叫，他的啼叫聲是如此地強勁有力又宏亮：「郭郭郭……歸歸歸……郭郭郭……歸歸歸……郭郭郭……歸歸歸……郭歸郭歸郭歸……郭郭郭歸歸……郭郭郭郭郭歸歸歸……郭郭郭郭郭郭歸歸歸歸……。」

公雞偉偉啼叫後，總是對著一群母雞們說著：「我是一隻最為聰明的公雞，每天都是我第一個叫醒了太陽。」母雞們總是微笑著說：「是啊！親愛的偉偉，你的啼聲響亮又迷人，除了愛睡覺的豬媽媽不同意，安迪農場主人及家禽上上下下都喜歡聽你的啼叫聲音。」公雞偉偉聽到如此的讚美的話，就高高興興的又脹紅了雞冠，張開了尖尖的嘴，努力的啼叫著，每天啼叫的工作一結束後，他就從籬笆飛下，伸張著他那一身美麗的羽毛，周旋在眾多喜歡他的母雞群裡，在母雞的身旁甜言蜜語著，母雞們總是害羞的低著頭，接受了偉偉片刻的愛撫，滿足的偉偉再次昂起頭，搖擺著，大大方方地向著另一個牆籬的方向前進巡邏。

頑皮的金絲鳥喬治，自從來到安迪農場，就聽說過公雞偉偉的啼叫聲受歡迎的程度，他有一點兒不相信，那會是一件耐人尋味的事情，那麼地真實嗎？他懷疑著？於是他起得特別地早，趁著媽媽珍妮還在睡覺時，就摸黑飛到安迪農場最大的一棵橡樹上觀察。

每天努力於工作的偉偉，按照往例再次昂起頭，向著東方啼叫著：「郭郭郭……歸歸歸……郭郭郭……歸歸歸……郭郭郭……歸歸歸……郭歸郭歸郭歸……郭郭郭歸歸…………郭郭郭郭郭郭歸歸歸……郭郭郭郭郭郭歸歸歸歸……。」然後從樹籬跳下，與母雞們談笑著，不久，再搖擺著漂亮的雞尾，昂起頭，大大方方地向著另一個牆籬的方向準備前去巡邏。

突然地，從橡樹的樹枝頂尖上，傳來清脆的聲音：「啾啾啾，偉偉你早，喁喁喁，偉偉你早，不是你啾啾啾……不是你啾啾啾啾啾啾……不是你啾啾啾啾啾啾不是你喁喁喁喁喁。」公雞抬起頭兒看著聽著，他認出來那不就是金絲雀鳥兒的兒子喬治的聲音嗎？於是公雞偉偉很有禮貌地打個招呼，說著：「喬治，你早。」

喬治又繼續說著：「親愛的公雞偉偉，你早，你不是第一個叫太陽起床的公雞。因為我每天很早就起來唱歌，因此我知道誰是第一個叫太陽爺爺起床的，人們都知道，那是由我們的鳥兒們唱歌叫醒太陽出來的。」說完，他又接著啾啾啾啾……啾啾繼續唱著歌兒，他喁喁喁……喁喁喁地唱著：

頭一早晨，我就起床
月亮咪咪微笑半圓環
星星在西方閃爍明亮

飛到樹尖，我唱首歌
太陽微微張開甦醒的臉
雲彩點綴金黃紅藍綠橙紫

飛到學校，我讀著書
琅琅的書聲響亮了校園
同學快樂歡心跳舞和畫圖

飛回家裡，我睡著覺
星星伴著我在寬闊的雲端
月亮坐在雲層駕著雲船到四方

一隻高高地躲在榆樹林裡的貓頭鷹皮爾，被吵得不耐煩，甚至於睡不著覺，於是他提高了嗓門說著：「請你們不要一清早就在這一個大農場的後院花園裡吵架，好嗎？」他又繼續說著：「我實在愛睏得很，請你們讓我和孩子們能好好的睡一覺吧！」

大家都知道森林裡的醫生貓頭鷹，他是一隻白天睡覺，晚上出來工作的鳥類。

躲在屋角的蝙蝠羅德雖然也是白天睡覺而晚上出來工作的鳥類，但是他比貓頭鷹皮爾有耐心，他向來就是一隻默默耕耘的鳥兒，他不喜歡大家為了小小的事情就互相吵架，於是他對著大家說：「請你們不要吵架，你們吵不停，太陽就不出來了。」

貓頭鷹皮爾接著說：「我倒是希望太陽都不要出來，而能讓我好好的睡一個懶覺。」

公雞偉偉對著貓頭鷹皮爾和蝙蝠羅德說著：「我希望明天就不會再有同樣的故事發生了，我真對不起而打擾你們了。」公雞偉偉很有禮貌地道歉著。

蝙蝠羅德身體掛在屋角上的一枝樹枝上，聽著又吹牛地說著：「公雞偉偉，縱使你如此有禮貌地作了決定，但是這並不影響我，也不會對貓頭鷹有什麼不同，因為你是知道的，貓頭鷹皮爾和我蝙蝠羅德並不因為你的不執行工作或是休息，就影響到我們夜行善事，因為你是知道的，我們兩位可以在白天和晚上都不睡覺，而努力執行我們的工作，為植物和人們驅除蟲害。」

公雞偉偉心地非常地善良，遺傳到外祖父達達公雞的帥氣和瀟灑，但是他沒有達達公雞的聰明和耐心，此時他心中感到無奈，而狂怒在心頭，兩顆眼睛都瞪得快出來了，一瞬間，他似乎感到有了暴風雨的來臨，他生氣得兩腳提起而踩踏著地面，他的臉蛋發熱而美麗的雞冠更紅得發紫，他是多麼生氣而暴躁，甚至於意氣用事地向著喬治說著：「好的，喬治，那麼我敢打賭，今天半夜我一定會大聲啼叫著太陽出來。」公雞偉偉很有自信地說著。

喬治心存懷疑回答著：「好的，我們這樣地約定好，就在這棵橡樹下見面，我會請貓頭鷹皮爾和蝙蝠羅德作為我們的見證人。」

公雞偉偉膨脹著雞冠脹紅著臉，回答著：「喬治，沒有問題。」偉偉對於喬治的激勵是有一點兒生氣，但是他還是保持著風度回答著，說完點著頭說再見後，偉偉又昂起頭，提起腳，快步地離開了。

安迪農場附近有一座古老又美麗的教堂，這一個教堂的歷史非常的悠久，教堂的頂尖高聳，而且這一個教堂最為大家所稱讚的是塔尖有豎立一隻公雞的雕像，這隻公雞雕像的來源非常的特別，根據教堂的記載是如此地寫著：

「本教堂建立於西元一六六八年，是由英國女皇伊麗莎白一世時，由肯柏力總教堂賜封為聖安德魯教堂，教堂的頂尖公雞雕像，是由肯柏力教堂長老為紀念任職於聖安德魯教堂的公雞安德魯，拯救英國軍隊免受德國軍隊攻擊的功

動而建立。」這一項功動，雖然已經成為歷史，但是仍詳細記載於教堂的歷史中，以及地方政府的偉人事蹟裡，肯特郡的人都非常的尊敬安德魯公雞一天到晚行善的事蹟。

為了本次的比賽公平起見，貓頭鷹皮爾前往聖安德魯教堂，貓頭鷹皮爾懇請神父特別的開恩，准許教堂鐘聲能在這一天的子夜時敲響，好讓所有的動物和禽類都能來祝福和喝采。神父非常了解家禽們的需要，所以特別為這一天的比賽，准予狗兒期期來拉響鐘聲，比賽的時間和地點也已經由小信鴿子佳佳傳消息通知各個雞窩的雞朋友和停棲各棵樹的各種鳥兒們。

約定半夜十二點比賽的時間雖然還沒有到，但是整棵橡樹附近的場地以及整棵橡樹，已經站滿了成千上萬觀看的鳥潮，而橡樹的地面上也已經聚集所有雞窩場裡的雞朋友，以及憂心忡忡的公雞偉偉的親戚母雞群和小雞們，他們都是來為偉偉打氣和鼓勵的，同時也是來祝福他的好運和支持者。

▲公雞偉偉備受母雞們的青睞，縱使面臨挑戰，母雞們也會一致的表示支持。

當此次比賽的裁判和公證者就是貓頭鷹皮爾和蝙蝠羅德，貓頭鷹和皮爾兩隻鳥兒很早就來到了現場，貓頭鷹皮爾上了台階說著：「各位鳥先生女士們，以及雞兄弟姊妹們，大家好，我是貓頭鷹皮爾，本人很榮幸地，來為公雞偉偉和金絲雀喬治作為見證人和主裁判，本次的輸贏比賽，絕對不含政治的因素，也不含宗教的色彩，更沒有所謂的挑戰性，也沒有朋友和敵人之分的戰爭性，大家都為了作事實的證明而努力的爭取，敬請各位了解和關心，以及支持鼓勵，並請各位觀賞者安靜。」

皮爾又繼續說著：「只要時鐘一敲十二點，我們的公雞就要開始啼叫，直到叫醒太陽從東方升起。」

蝙蝠羅德也上台說著：「各位好，我是蝙蝠羅德，我是來協助貓頭鷹皮爾的副裁判，希望大家通力合作，在鐘聲敲響十二點時，比賽就開始，敬請大家保持安靜，不要出聲來干擾，或是影響公雞偉偉的分心，謝謝大家的合作。」

▲安迪農場是一座充滿著快樂的農場，貓頭鷹是農場裡的好醫生，也是大公無私的比賽裁判。

皮爾緊接著說：「現在我們先請公雞偉偉預先就位。」於是公雞偉偉充滿著信心，穩當地站在橡樹的圍牆旁等待著。

子夜的時間漸漸的來臨，此時橡樹上的鳥兒群和圍繞著橡樹四周的雞家族們，大家都很合作地保持著安靜無聲。

教堂的鐘聲開始響起，一聲一聲地敲著，當鐘聲敲了十二下時，偉偉公雞按照往例走上了台階，跳上了圍牆，昂起頭，挺起了胸膛，縮緊了肚子，脹起了脖子，心中數著一，二，三，公雞以同樣的方法而呼出了啼聲，於是巨大的啼聲就這樣發出，大家很安靜地聽著，而且眼睛不約而同地朝向東方的天空看著，他們是多麼期待著，他們看見微微而帶模糊的月光，點點的星星，點綴在微暗黃的天空裡。

公雞偉偉，他的啼聲雖然比平常所啼的聲音還要響亮而有力，但是，卻沒看見太陽從東方的升起，說真的，公雞是有一點兒緊張而猶豫了，但是他知

道這是一個考驗能力與耐心的時刻，他清楚地記得達達爺爺，對於他的鼓勵和教導，他更清楚地記得公雞達達爺爺，曾經在他小時候教過他的一句話：「偉偉，當你長大時，你會面臨了很多的挫折、困難和失敗，但是這一些困難和失敗並不會阻礙你的成功，因為你的勇敢必能克服這些困難和阻礙而成為你的好經驗，因為你的信心、耐心會產生巨大無比的力量，而戰勝了困難和挫折，也因此每一件事情將一一地迎刃而解，而且也會一步一步走向成功之途。」達達爺爺鼓勵的聲音猶在耳際，因此偉偉並不會因為太陽未出來，而緊張洩氣，還是鼓起勇氣繼續地啼叫著，他的啼叫聲是如此地美麗而宏亮：「郭郭郭歸歸歸郭郭郭歸歸歸郭郭郭歸歸歸……郭歸郭歸郭歸……郭郭郭歸歸…………郭郭郭郭郭郭歸歸歸……郭郭郭郭郭郭郭歸歸歸歸……。」

橡樹的四周靜寂無聲，大家都期待而盼望著，但是很不幸地，只見少許的星星和月光微微地躲在天空的雲層裡，卻看不見太陽露出臉來。

時間一分一秒地過，公雞耐心地啼叫著，雖然已經過了幾個時辰，然而偉偉還是不停而努力地啼叫著，他的啼叫聲有節奏，悅耳好聽，他的啼叫聲真像教堂的鐘聲般有力量。

樹上的鳥兒和樹下的其他公雞和母雞小雞們，雖然都非常擔心美麗的太陽不出來，但是他們聽到公雞的啼叫聲有節奏感，有無比的神力，於是，他們都不約而同地閉起了眼睛，臉兒朝向著天空而祈禱著。

偉偉的雞家族和親屬們，祈禱著安迪農場的平安，雞家族個個身體健康，安迪農場的主人一切順利而生意好，金絲雀鳥兒珍妮期盼著小燕子一家人平安的從非洲回到英國來，頑皮的小喬治祈禱著自己能快快地長大而能唱出最為好聽的歌聲，他更期盼自己不要再頑皮而讓大家擔心，貓頭鷹皮爾祈禱著肯特農場和安迪農場的鳥兒們不要生病，好讓他自己能夠有更多的時間為樹兒們找病蟲害，他更祈禱著太陽快點兒出來，好讓公雞偉偉能早一點兒休息，蝙蝠羅德祈禱安迪農場的五穀雜糧不要受到病蟲害，好讓主人能有更多的收入，來為地方和國家的建設貢獻謀福利。

偉偉的啼叫聲不停而響徹整個天際，在每一個人的耳朵裡所聽到的是，他的啼叫聲除了激昂有力外，更是劃破了四周的靜寂，此時微暗的雲層不見了，月兒和星星也漸漸地淡色而消失了，只見東方的天空裡出現了一道道的微黃和亮點片片，雲層有了微微的魚鱗似的銀白，於是大家的眼睛亮麗了起來，橡樹上的鳥兒們開始：「唧唧唧唧……咕唧咕……咕唧咕唧咕……。」不停地鳴吟著，金絲雀鳥兒珍妮和頑皮的小喬治也開始唱出最為婉轉悅耳的歌聲，所有的公雞們更是高興，他們都跟隨著公雞偉偉有節奏地啼叫著，他們的啼叫聲是如此地美麗而宏亮：「郭郭郭歸歸歸郭郭郭歸歸歸郭郭郭歸歸歸……郭歸郭歸郭歸……郭郭郭歸歸…………郭郭郭郭郭郭歸歸歸……郭郭郭郭郭郭郭郭歸歸歸……。」，「郭郭郭郭郭郭郭……歸歸歸歸……。」

▲公雞偉偉的啼叫聲響徹了雲宵，他是一隻盡忠職守的大公雞，備受大家稱讚和尊敬。

小鳥們歡心而跳舞，母雞們更是：「咕咕……咕咕咕咕……咕咕咕。」咕個不停，小雞們也學著：「嘰嘰嘰……嘰嘰嘰……嘰嘰。」叫個不停。

他們交頭接耳的啼叫和唱著，齊心向著天空感謝和感恩，天主賜恩，閃爍輝煌的太陽終於出來了，大家快樂地歡呼跳躍著，安迪農場是一個充滿祥和快樂的農場。

公雞偉偉真的像外祖父達達公雞一樣，是備受大家稱讚和尊敬的一隻偉大盡忠職守的大公雞。

稻草人迪克

第二輯

稻草人迪克的旅行

播種的季節

英國南卡斯特郡是位於英國的中部，是英國有名的花卉種植地區，那裡有很多山，例如芭芭拉史翠山，是著名黑熊喬治的故鄉，每一座山的高度並不高，但種植各種的植物，這一些不同的植物都已經有很多年，其中最有名的植物是種在黑山的山頂上。黑山山頂上的樹長得很特別，據當地的歷史曾記載著，這些奇特的樹是由神仙使用神力栽種的，純樸的南卡斯特郡居民非常的善良，很受神的福佑，神為了保護當地的居民，能抵擋外族的侵略，於是神仙們移黑石、黑沙來堆積成山。

鄰近的依爾佛郡是英國最為有名的農業地區，南卡斯特郡有一條河名為衛恩河，衛恩河的發源於黑山，沿著黑山環繞，而向下游入依爾佛郡，衛恩河所流經的地區都是物產豐富的平原，因為水源豐富，所以山上的大樹高壯挺拔，隨著春夏秋冬的更替，花開滿園，楓紅落葉鋪滿了大地，很是美麗。

今年的夏天雨下得多，由於有充沛的雨量流入河中，曾讓河流的水瀑滿，水位幾乎到達了最高的設限區，很幸運地未造成水患，如今河水潺潺地流著，碰撞石頭聲聲地響，縱使在遠地的深山裡，也都可以聽得到輕脆的流水聲，水聲像唱歌那樣地活潑和溫柔。

屬於衛恩河的幾條小溪，水源也一樣的充裕，位在黑山腳下的哈威爾村，一向是以種植各種五穀和花卉而有名，春天花兒的開放與秋天的豐收，總會帶給村民一些財富。夏季雨量充沛，雨水不多也不少，對於農作物頗為幫助，然，倘若過多的水分，對於花卉並非是好事情，因為開放的花瓣和花葉會受傷害，花兒的根會腐爛，又如果水分太多，也會影響到五穀，有如大豆和玉米的成長，因此生產就會減少。田園的耕作真是一門學問。

天氣的反常是全世界的隱憂，各國政府與經濟發展的先進，莫不為此而進

行多次的討論和研究，討論的結果與報告，就由各地的地方政府公諸於市民，報告的事項種類非常的多，每一項報告都關心著人們生命的安危和生活的安定，這些報告中與農夫們的農作物最為關切的幾件事，乃是世界空氣的污染，資源浪費、短缺和過度的開發，於是農夫們也組織了委員會，討論各種保護自然的方案，成立愛護自然的基金會，同時各種呼籲和活動也就應運而生，保護自然和愛護環境，是人人必須了解和學習的課題，是人人都有責任和需要去關心的事情。

芭比農場

位於南卡斯特郡和依爾佛郡北邊的約克郡，是英國著名的古都郡，英國約克郡本是稍北的地帶，應是寒冷些，可是由於全球的天氣變化多，英國又是一個島國，海洋性的氣候是非常的明顯而善變，使得原本冷的地方，也變得比較熱了起來，此郡的山多又高，森林也多，例如馬頓山在十五世紀時就曾經有過火災災難，雖然那是發生在幾百年前的故事，而且也已經成為歷史，然而，位於馬頓山腳下的達比鄉村居民，於工作的閒暇之餘，仍不厭其煩的講故事給年輕一代的孩子們聽，如此一代一代地傳說，希望可以警惕年輕人要小心使用火，也要注重環境的維護，這樣人們及動植物們才能一起生活在一個安逸的環境裡。

約克郡除了是一個深具歷史的名城外，這一個城鎮又有很多大小不等的農場和遊樂中心。

住在英國北部約克郡達比鄉村的大農人約翰擁有很多座農場，其中以芭比農場的面積為最大和最寬廣，也最為有名。

芭比農場既然是一個著名的農場，我們都知道農產品有很多種類，那麼它的主要農產品是什麼呢？它出產的主要農作物以稻米和小麥為主，這些小麥除了供應麵包工廠和餅乾工廠外，隨著經濟的發展，約翰自己也成立了一個行銷市場，將各個工廠生產的產品運送到世界各地。

暖洋洋的春天是忙碌的季節，農田裡的五穀和小麥等繁忙的翻土和播種的工作，也已經依照年曆所標示的時間做好了春耕，但是在這些五穀的成長過程是漫長的。春天播種後還要澆灌，拔草、施肥等等依不同時間來關照。所以農作物的豐收，自耕種到收成一般都需要半年，如此漫長的時日，是需要農人頗多的耐心。

然而，我們都知道一個鄉村的農場所管轄的區域很大，會有很多的耕作區，以一個農夫來看管很多的區域，無論在時間和精力上都會發生困難的，既然農夫不能整日坐鎮在農場裡注意農作物的成長和收穫，那麼即將要成熟的黃澄澄小麥，又有誰能來坐鎮看管呢？於是每一個農場都需要有一個可以整日替

代主人看顧，那就是稻草人了。

芭比農場生產的五穀有很多種類，其中以麥禾生產最為有名，坐鎮在這個大農場的主人是稻草人，「摩登貝克」是他的名字，在約克鎮上，他是一位有名的稻草人物，他的有名是有理由的，最為主要的是因為他是芭比農場的一位忠心職守的稻草人，另一方面是因為他的穿著和打扮是與一般傳統的稻草人不同，他的打扮特殊而吸引人。一般人對於稻草人的觀念會認為：稻草人就是稻草人，哪有什麼好打扮的？他的身體無非是稻草和木棍，再穿上幾件主人破舊的衣服，至於貝克當然也不例外，那又會是怎麼樣的不同呢？

隨著新時代的來臨，稻草人也可以作了不同的打扮，他身穿顏色較為華麗而顯眼又感覺得輕鬆的運動長杉和短褲，腳上穿著一雙長統襪和運動鞋、脖子上繫一條瀟灑的領巾，頭戴著一頂較為寬邊的草帽。如此打扮的稻草人貝克，真像一位足球健將，是多麼地迷人，頗受約克鎮鎮民的欣賞和讚美。

稻草人「摩登貝克」天天很高興地站在寬廣的農田裡，從早到晚，不厭其煩地行使他的重要職務：防患農田裡的農作物免受侵害、代替主人做好農場裡的外交工作、這些外交工作就是與鳥兒作伴和建立良好的關係，讓鳥兒們了解不要隨便賤踏農場裡的穀物，讓他們更懂得不是啄食穀物而是應該幫農夫們去除穀物的害蟲，如此才能幫助農夫增加生產而去協助更多的人們。

邀請亞瑟農場主人梅爾

主人約翰每年豐收而有了盈餘，這些盈餘除了購買更多的農地來增加耕種面積外，他是一個頗富愛心的農夫，取之於社會，希望也能回饋於社會，於是有了宏大的心願，那就是他將幾年來累積的盈餘提撥了一部分來興建醫學和護理學校以及相關的醫院，學校和醫院的建築就快要完成，預計五月二十七日舉行剪綵落成使用，選擇這一天是非常有意義的，因為那是他母親瑪莉的生日，瑪莉也已經八十八歲，她是一位慈祥有愛心又和藹可親的媽媽，她是多麼高興看見醫院和學校的完成，才能達成她和兒子約翰多年來的心願，那就是取之社會，造福社會。

由於約翰買了更多的農地，芭比農場的耕地顯然增加了不少，農場的耕種除了稻米，小麥外，可栽種的穀物有了更多種類，栽種的面積幅地也寬廣了，在這一種情況下，穀物成熟前需要有更多的人來照顧。稻草人「摩登貝克」在芭比農場已經很多年，他是一位經驗豐富又負責任的稻草人，但是當人手不足時，就需要增加一位經驗豐富的稻草人來幫忙，約翰聽說表哥梅爾二舅安迪農場裡的稻草人迪克是一個很負責又很有經驗的稻草人，安迪農場主要的生產物是以雞肉為主，穀物的種植只是少部分，況且最近他們換了一位新的稻草人名叫威克，約翰聽說安迪農場的稻草人迪克賦閒在家的時間多，於是他想到何

不趁此機會向安迪農場的主人李察借用稻草人迪克一段時間，倘若李察答應出借，約翰願意負擔「稻草人迪克」的開銷和費用。

芭比醫院和學校的興建就要完成，預定落成使用的日子也接近了，約翰借用稻草人迪克的主意既然已定，於是約翰寫了一封信邀請梅爾表哥全家人來參加落成典禮，同時也可以和母親瑪莉相處幾天話家常，並請表哥向其二舅李察借用稻草人迪克來芭比農場幫忙。

約翰為了表示誠心和慎重，於是提起筆寫一封邀請信函寄給表哥及其全家人，邀請信函的內容如下：

親愛的表哥梅爾：

你好，我是約克郡芭比農場的約翰，好久沒有與你們連絡，最近忙嗎？你和表嫂露西、姪女蘿拉、侄子查理與吉米都好嗎？我的媽媽瑪莉甚為想念你們，農夫節就快要來臨了，她多麼希望你們全家人能來拜訪。

今天我寫信給你，除了代替我媽媽，邀請你們來我家拜訪，並參加芭比醫院和學校的落成外，希望你也能代我問候安迪農場的主人李察，表明我的懇求，那就是我希望可以借用他農場裡的稻草人迪克到我的農場幫忙，我會寫信給李察請其幫忙和允許。

簡此，敬請為我效勞，謝謝。

祝

快樂平安

表弟　約翰　敬上

於二〇〇九年二月二十八日

梅爾於接到約翰的信函後，很高興地為約翰效勞，他與李察聯絡後，李察也很樂意幫忙，於是他寫了一封回函給約翰。

梅爾的信函是如此地寫的：

親愛的約翰表弟：

你好，很高興接到你的來信，感謝姑媽對於我們的想念與邀請，我已經徵得我二舅李察的同意，他很願意幫忙，我們要去你那兒的同時，將會順便到安迪農場帶著「稻草人迪克」一起前往你的芭比農場。

我們將會在五月二十六日清早啟程前往，預計當天黃昏時到達你家，前往拜訪姑媽和你們全家人，很感謝你的邀請，也很榮幸的能夠參加農夫節（五月二十七日）以及芭比醫院和學校的落成典禮，真是感謝。

敬祝

健康快樂

表哥　梅爾　敬上

二〇〇九年三月七日於亞瑟農場

芭比農場的稻草人貝克，知道主人約翰曾寫信給安迪農場的李察先生，並邀請稻草人迪克來芭比農場幫忙，他是多麼地快樂，如今他又獲知稻草人迪克確實要來的好消息，更令他感激主人的用心而歡欣鼓舞了。

清晨，當他看見約翰來到農場巡視時，貝克快快樂樂地舉起了手向他歡呼著，約翰也很高興與稻草人貝克握手問好，他向稻草人說：「貝克先生，過些時候迪克就要來訪了，有了稻草人迪克的幫忙，貝克你每天就不會那麼忙碌，你的工作就可以稍微輕鬆些，有了迪克在身旁，你就有伴，也不會感到寂寞。」約翰知道稻草人貝克會很感激他所作的安排，貝克真的雙手搖擺不停而心中感激不盡。

梅爾與稻草人迪克的旅行

農夫節是一個傳統的重要節日，隨著它的來臨，各個鄉村舉辦了活動和遊行，梅爾全家人接到約翰的信後，梅爾很快地做了接受邀請的回函。

為了這一次約克鎮的旅行，他們忙碌起來了，梅爾和露西到百貨公司為姑媽和約翰全家人買禮物，這些禮物中，當然也少不了稻草人貝克的新衣服和新鞋子，他們更不會忘記到布店，為稻草人迪克爺爺添加新衣裳、帽子和鞋子，同時他們也到超級市場，採購旅行時需要的水、餅乾、點心和飲料。

從梅爾住的城鎮開車到約克鎮也得花費五小時的車程，梅爾為了能趕得上，參加此次芭比醫院和學校的開幕典禮盛會，他們希望當天就能到達約翰的家裡，除了探望姑媽，也能陪著她一起去約克鎮的最大的教堂作禮拜。這一次的拜訪，同時須負責去二舅的安迪農場，接稻草人迪克一起前往，他們全家人更做了沿路旅遊的計劃，於是決定在五月二十六日的早晨六點半出發，預計當天下午六點左右到達約翰的家裡。

為了讓孩子們能多多認識英國本國歷史和各個城鎮的故事，同時也能了解英國地理的環境，增加他們對於環境保護的理念，梅爾和露西作了沿路旅行的計劃。

這一年剛好是著名的生物學家達爾文的兩百週年紀念日，英國的報紙和電視安排一系列的表揚事蹟的節目，全國各地的圖書館都有舉辦各種活動，來介紹達爾文進化論的道理和宣傳，尤其在達爾文的故居德恩府邸博物館，更舉辦了半年的教育宣導工作，甚至於也將達爾文的故事拍成了電影。

為了使全家人能參與達爾文的成就介紹活動，他們於是在沿途旅遊城鎮的計劃表中，將拜訪達爾文故居德恩府邸博物館列為第一個參觀的重點。

由於時間太匆促，這一次的計劃表中並沒有把倫敦這個大都市列入行程，

而是逐一介紹高速公路所經過的幾個重要景點，英國的名勝古蹟大多位在鄉村，為了參觀的方便，他們開車沿著鄉村道路行駛。

依依不捨

五月二十六日的早晨天氣非常的晴朗，梅爾全家人起了一個大早，吃完了早餐，將各種要帶的行李放到車上，車內預留一個大空位給稻草人迪克乘坐，一切準備就緒，他們依時刻表於六點三十分啟程，前往安迪農場接稻草人迪克，預計早上七點三十分就可到達安迪農場。

稻草人迪克知道今天就要與梅爾全家人前往旅行，非常歡欣鼓舞，安迪農場的主人李察已經給他換了新裝。迪克的打扮的很特別，他穿了一件紅色格子的蘇格蘭長袖上裝，一條藍色的六分長褲，他的脖子繫上一條黃色的領帶，兩

隻手腕各繫上紅色的絲帶，為了便於與梅爾全家人走路，他穿上了一雙長統襪子和短統靴子，迪克的打扮看起來既摩登又吸引人。

梳妝整齊的稻草人迪克，很早就站在安迪農場的大廳前面，等待著梅爾全家人的到達，這是他第一次參加長途旅行，他實在太高興了，等待的時刻，總是讓人覺得時鐘走得慢，縱使幾分鐘也讓人感覺時間是漫長的。迪克的個子高，他時常舉高了脖子往大路的方向遠望，希望能看見梅爾的車子往這一個方向駛了進來。他記得梅爾的家人有三部車子，一部是紅色的，是標緻廠牌的轎車，那是露西所開的，一部藍色的，是喜美牌的藍色轎車，那是梅爾前往工作所使用的，另一部美國福特牌白色六人座的大旅行車，由於是長途的旅行，梅爾一定是開著這一部大旅行車。

突然間，正當稻草人迪克高舉頭時，聽到二舅很大聲又很高興地叫著說：「來了，來了，我看見梅爾先生的白色大旅行車，往安迪農場的方向開過來了。」迪克爺爺更是舉起雙手搖擺歡呼著。

果然，不出所料，梅爾的車子真的就出現在安迪農場前，梅爾停好車後，與露西、蘿拉、查理和吉米分別向舅舅擁抱問好，他們也一起向迪克稻草人打招呼握手問好。

蘿拉並且向稻草人迪克說著：「迪克，你的打扮非常摩登，你好帥氣，讓人很欣賞，你看起來很有朝氣。」

稻草人迪克聽到蘿拉的稱讚，很高興地點頭表示感謝，他更感謝露西懂得購買他想要的衣服，為他的帥氣而作的打扮。

梅爾一家人進入了安迪農場的大廳稍坐片刻，他們與李察全家人一起喝了茶話家常，隨即依計劃趕行程，他們得與李察一家人說再見，安迪與迪克互相擁抱，依依不捨地說再見。

於是梅爾先安頓好稻草人迪克的座位，由於他很高，他的腳必須抬高而分坐在幾乎兩個人的座位上，於是就安排迪克坐在旅行車的後座，那是最為寬敞的位置，梅爾並且也為迪克綁上了安全帶。露西、蘿拉、查理和吉米分別進了車子坐好位置，繫上安全帶，一切都就緒，這一部漂亮的旅行車就離開了安迪農場。

蘿拉看見稻草人迪克不時地回頭看著廣大的安迪農場，蘿拉甚至於還聽到坐在車子後座的迪克哭泣的聲音。

蘿拉瞭解稻草人迪克爺爺與安迪農場的那份依依不捨的情懷。

參觀達爾文故居

肯特郡是位於英國南部的一個著名的鄉村，有英國最為美麗的鄉村之譽，這裡有幾個美麗的風景名勝區。

▲世界著名的生物學家達爾文。

肯特郡裡有一個小鎮，名為達恩小鎮，這一個小鎮雖然很小，卻是非常地有名，小鎮除了風景優美以外，還深具特色，在這兒有一位世界上鼎鼎大名的生物科學家達爾文。

梅爾一家人沿路的第一站就是去達恩小鎮拜訪達爾文的故居「德恩府邸」。這是一座已經在西元一九二九年被列入保護的博物館。於是他們一伙和稻草人迪克買票進入了這一座世界著名的博物館參觀巡覽。

這一座大廳是達爾文的家居，達爾文在那兒寫出世界最有影響力的名著《物種起源》，這一本書於西元一八五九年出版，書中運用大量的資料證明在這一個大地球裡形形色色的生物，都不是上帝創造的，而是在遺傳變異的生存鬥爭中和自然選擇中，由簡單到複雜，由低等到高等，不斷發展變化而成的。基於這個道理，他提出了生物進化論學說，進而摧毀了各種唯心的神造論和物種不變論，也因此改變人們對於宗教與自然的理念。為了紀念達爾文兩百週年

▲達爾文博物館門前的圍牆上有牌子寫著達爾文故居是國有古蹟。

冥誕，在電視和西敏寺有一系列的報導，介紹著達爾文的成就與事蹟。

「德恩府邸」這一棟建築物是建於十八世紀，擁有十八英畝的廣大面積，整個大廳從後院花園放眼望去，盡是草地和植物所環繞，簡樸的傢俱擺飾，牆壁掛著達爾文與夫人的肖像畫，幾幅水彩風景畫和著名的威吉屋的瓷器。德恩府邸曾經被達爾文形容為簡單而醜陋的屋宇，但卻是他獲得最為快樂的鄉居生活與產生莫大靈感的府邸。達爾文的書房內有望遠鏡、米尺、放大鏡、剪刀、文鎮、紙張、捲繩，書架上放了幾本書和多種實驗藥劑化石以及草稿文件，最為醒目的是落地窗台設置一座凸透鏡，可以照到從客廳而來的不速之客的採訪，而免於受到干擾。

達爾文的休閒活動是打撞球和散步，當年他家中就有一座很好的撞球桌的休閒設備，他曾經幽默的說：「我的靈感啟發來自撞球的經驗，那就是適者生存。」打撞球也是他與孩子們相處和溝通的最佳管道。

後院花園有一大片的綠色如茵的草坪，是他與朋友和家人一起打網球的休閒園地，高壯挺拔的栗樹樹下，有一棵巨大的石頭，名叫「蚯蚓石」，這一塊石頭的名字甚為有意義，它曾經是達爾文在研究如何保護農作物的研究伙伴，達爾文相信巨石的移動，是由於蚯蚓具有鬆土的功勞，所以他一直呼籲農作物必須增加生產，和保護蚯蚓對於農作物以及園藝事業的貢獻。

建於花園內的幾座花房和溫室，那是達爾文為英國最大，而位於倫敦的植物園丘花園，所作的植物與花卉的實驗室。通往茂密森林公園，有一條專為達爾文設計的棧道，那是最為理想的健康道路，曾經被達爾文形容為「靈感的道路」，整個靈感道路鋪著柔軟的沙石，提供了達爾文和他的愛犬，有著舒適的散步和思維，所以這一條小道路又被稱為理想的「健康道路」。

稻草人迪克和梅爾等一家人參觀了達爾文博物館後，對於這一位世界著名的生物科學家一生的貢獻，心中有著無比的景仰和敬佩。

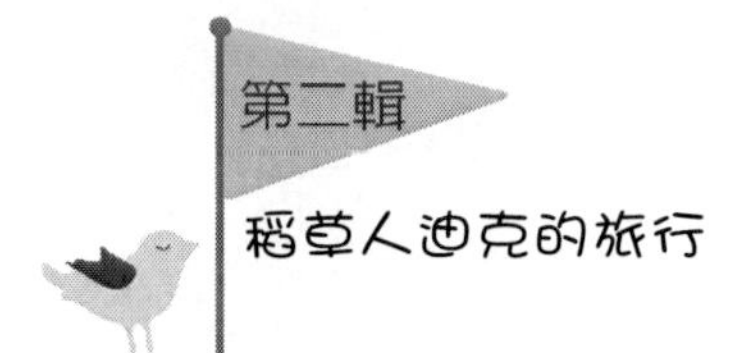

▲達爾文博物館名叫德恩大廳，是三層樓的建築物，周邊有茁壯高聳的樹和綠油油的草坪。

梅爾在博物館的禮品店裡買了幾張卡片和紀念品，不久他們一夥人就離開了博物館。

時間過得真快，接近了午餐的時刻，兩個孩子說肚子餓得發慌，瘦瘦的稻草人迪克的腸胃更是嘰哩咕嚕地叫著。聽到梅爾和露西說要到附近的漢尼堡餐廳，品嚐當地麵包師傅手做的麵包和蛋糕，他們高興的跳躍著。梅爾一向喜歡檸檬起司蛋糕，露西喜歡草莓起司蛋糕，蘿拉和查理喜歡巧克力蛋糕外，吉米和稻草人迪克各要了一客蘋果派，他們還各自要了一客冰淇淋。

吃完中餐，每個人的肚子都是飽足而有力氣，大家的精神好多了，於是，按照原先的行程計劃還是沿著鄉村小道前進。一路上他們高高興興地唱著歌，梅爾與露西興致來了，一起吟唱一首抒情歌，這是他們初戀時，共同喜歡的抒情小調，這一首情歌摘錄自英國著名詩人湯姆斯哈代所寫的一首詩，湯姆斯哈代的家就是在多塞特郡的傑斯特鄉村，蘿拉和弟弟查理和吉米也共同創作了一

首兒童詩歌。

詩歌的歌名和內容是如此的寫著：

我們在路上

我們在春暖花開的路上
魚鱗七彩在天空
花兒芳香　白雲飄飄
春泉蕩漾　柳絮飛揚

我們在風和日麗的路上
太陽高照在天空

風兒微微　鳥兒啼啼
水兒擊石　輕聲潺潺

我們在風光明媚的路上
白雲飄飄在天空
古城青石　塔尖高聳
絲絲細雨　軟軟的滴

他們沿著鄉村小道，一路上欣賞著風光明媚的英國鄉村，看見很多輝煌的古堡建築和教堂的高聳頂尖。在經過了美麗的麗茲古堡時，雖然他們沒有時間前往參觀，但是露西卻像一位學校的歷史老師，敘述著英國國王亨利八世與英國國教的故事。

在車內他們吟詩唱著歌，歡笑聲充滿了整個車子，迪克則一直擺著手，點著頭歡呼著。

高速公路的沿路風光

由於路途的遙遠，他們趕著太陽落山之前到達姑媽的家裡，為了加快車速，他們的車子不能行駛在鄉村小道，於是他們改變了車子的行駛路線，轉入了又大又寬廣的一號高速公路，在高速公路上仍然可以遠遠地看見很多大教堂的頂尖，高高地耀眼在綠色的原野上。

車子飛躍在高速公路上，公路兩旁的樹木非常的高大茁壯，枝葉扶疏。從道路兩旁遠遠的可以看見一畦畦綠油油的麥禾，黃澄澄的一片油菜仔花，在閃爍的陽光照耀下，很是美麗。車子漸漸地駛近了依爾佛郡，依爾佛郡是英

國最為有名的農業區，此郡每年麥子的收成，佔有全國農業生產量的百分之二十五，這一個郡盛產油菜仔花，每年供應市場所需要的營養的植物油，這些植物油新鮮可口，具天然香味，很受各地家庭主婦的歡迎使用。

梅爾有自己的農場，所以他和露西一家人對於此地有很好的印象，大家高興的彼此你說我答的談論著，坐在車上後座的稻草人迪克都微笑揮手作答。

當車子駛近依爾佛郡雕刻家亨利摩爾的故居地時，突然，稻草人迪克大聲的驚叫了一聲：「你們看，這裡有很多的農場，農場裡種著麥子，我看見農場的中央有幾個長得很帥氣的稻草人，他們都有強健的體魄，直直地站著，每一位都高高興興地與我們打招呼，他們都有屬於自己擁有寬廣的田地，可是，他們的打扮和我大大的不同，他們都是光著身體，頭上也不戴著帽子。」迪克興奮地說道。

蘿拉、查理和吉米被稻草人迪克這一句驚人的呼叫聲嚇了一大跳，大家真有其事的抬起頭往窗外看，他們看見寬廣的綠野地裡，確實有一座座不同的稻草人，他們都筆直地站在野草地上，每一座稻草人的神態都不相同，蘿拉和弟弟吉米看到了也隨之大聲的喊叫：「爸爸媽媽請你們趕快往車子外面看，在空曠的野地裡，真的有很多不同樣式的稻草人哩。」

露西和梅爾拗不過女兒和兒子吉米的驚嘆，於是他們不約而同地往車外看著，他們看到這一些站立在野地裡的稻草人時，起初也認為那是稻草人，但是經過仔細的再觀察，才發現由於這一帶是英國著名雕刻家亨利摩爾的故鄉，他的故居就在這附近，所以立在野地裡的一座座雕像並不是稻草人，而是著名雕刻家亨利摩爾的人體雕刻銅像，他們都是使用純銅雕塑的，所以沒有穿著衣服而是顯眼的胴體。亨利摩爾是世界級的雕刻家，露西和梅爾也對孩子們敘述著雕刻家亨利摩爾的歷史故事。經過了梅爾和露西的解說後，孩子們和稻草人迪克才恍然大悟，他們對雕刻家亨利摩爾的成就也深深地讚佩和景仰。

車子快到約克大城前，他們遠遠地看見有一座環繞著整個城市的城牆，那就是傑司特城，傑斯特城是一個甚受觀光客遊覽的古城，它位於約克郡的外圍，城牆環繞著整個城，深具特色，除了可以保護傑斯特城外，還可以保護整個約克郡。

蘿拉在學校曾經聽歷史老師說過有關英國內戰的故事，於是蘿拉真像一位小小的歷史老師一樣，她敘述著：「傑斯特城曾經是一個戰城，著名的英國國王吉米曾經為了躲避內戰的戰事，而逃避到此城有了很多年，為了預防敵人的攻打和侵略，於是就在傑斯特城蓋了一條環繞著整個城市的城牆。」

為了目睹城牆的古蹟，他們來到傑斯特城，並且開著車子環繞此城以及仰望在內戰時所承建的古堡。

離開了傑斯特城牆，他們的車子已經駛進了約克郡區，約克郡是在英國北部，這是一個布滿古代戰爭遺蹟的古老的歷史城鎮，這個城鎮裡的古蹟很多，十九世紀時，約克城是英國鐵路系統的樞紐，梅爾一夥人參觀了國家鐵路博物館，館內展現的內容豐富，從維多利亞女王的豪華車箱到最新的火車科技都有，約克鎮裡的古蹟中最為有名和最為精華的是約克大教堂，約克大教堂是英國三大教堂之一，約克大教堂建於一二二〇年，該教堂建造的時間就花費了超過了二百五十年之久才陸續完成。

約克大教堂是歐洲北部地區最大的哥德式的大教堂，教堂的東面有一個如網球場大小的彩色玻璃，這一塊大玻璃上彩繪的圖畫，訴說著耶穌的故事。教堂北面的五姊妹玻璃窗是英國歷史最為悠久的灰色豪華玻璃。這個教堂是全民的祈禱中心，他們全家人也進入這座古老的教堂為年老的姑媽祈福，並且也為約翰新建的醫院和學校祈求，希望神能降福給醫院裡的醫生有良好的醫術，護士們更有愛心耐心和慈愛的心來照顧病人，醫院裡的病人都很平安的恢復了健康。

芭比農場的拜訪

時間過得真快，黃昏漸漸來臨，藍藍的天空是一片片的紫紅色的彩霞映照，他們一夥人終於駛進芭比農場的長長車道，車道兩旁是寬廣無際的麥田，麥子已經結了少許綠色穗穗的果實，果實尚未成熟，農場仍然呈現出綠油油的景象，然而，從粒粒鼓鼓的果子可以看出今年仍是豐收的一年。

主人約翰和太太珍妮和兩位女兒就在大廳的門口歡迎他們的來臨，姑媽瑪麗就在大客廳裡等候，姑媽一見到梅爾一家人是多麼快樂和歡欣，梅爾和露西看見姑媽就向前與姑媽招呼：「姑媽你好，你健康如昔，氣色非常的好。」梅爾更是緊緊的抱住了姑媽，並且給姑媽最為尊敬和親切的親吻。梅爾和露西送給姑媽瑪麗的禮物是一條大的毛衣披風，他們送給約翰表弟的禮物是客廳裡的一座屏風和掛在牆壁上的匾額，蘿拉和查理和吉米一起與姑媽奶奶招呼：「奶

奶你好，很高興又看見了你。」瑪麗也緊緊的抱住了蘿拉和查理和吉米。他們送給奶奶的禮物是他們親自撰寫且深受歡迎的故事圖畫集童書一本，姑媽奶奶感動得喜極而泣，興奮不已。

芭比醫院和芭比學校的落成典禮

五月二十七日這一天是個晴朗的天氣，太陽很早就從東方升起，並在藍色的天空裡微笑著，在這一個風和日麗而又是黃道吉日的日子裡，舉行芭比醫院與芭比學校的落成典禮非常具有意義，被邀請的來賓很多，節目也排得豐富和精彩。

開幕儀式是請了約克鎮的市長柏林主持，柏林市長上台說道：「各位鎮民和鄉親們，大家好，今天，我很榮幸也很高興的來到這裡，為芭比醫院和芭

比學校主持開幕典禮，約翰是鎮民的表率，除了經營芭比農場有聲有色外，他深具愛心的取之社會，而又貢獻於社會，平常除了為本鎮鋪橋建路外，也為老人設置俱樂部，更在各個學校設置貧窮學生的補助金，如今又為本鎮興建學校和醫院作回饋，他為鎮民服務的熱心和奉獻真值得敬佩，他是一位為民服務的好模範。」柏林市長又讚美道：「瑪麗女士是一位模範母親，她深具『母愛之光』。我們感激瑪麗和約翰母子為社會所做的奉獻，相信諸位也一樣深具有愛心和奉獻的心，他們母子真是大家的典範。」

柏林市長在典禮中的一席話，受到主人和在場的貴賓們和觀眾們的鼓掌和歡迎，柏林市長代表鎮民送給約翰一座匾額，匾額上面寫著「鎮民模範」四個大字樣，約翰和瑪麗也分別說出醫院和學校成立的感言，姑媽瑪麗雖然年紀大，但是精神抖擻有勁，她鼓勵鎮民努力生產，多多為國為民服務，瑪麗姑媽的熱誠很受到響應，她的鼓勵甚受鎮民的支持，約翰和瑪莉對社會的奉獻深受鎮民的感動，鼓掌之聲不絕於耳。

下午的節目多，有品酒會、茶會和乳酪的鑑賞比賽，還有歌唱和舞蹈表演。英國威爾斯乳酪和蘇格蘭的威士忌酒是世界有名的，品酒和乳酪的鑑賞比賽，分別是聘請英國酒會公司和乳酪專家來鑑定。

群眾圍繞在搭蓋的音樂大廳裡，欣賞著英國傳統的蘇格蘭民歌和伴著傳統舞蹈的音樂裡，大家快樂和歡心，廣場到處可聽到笑聲，歡樂的呼叫聲此起彼落。

歡迎稻草人迪克的來臨

醫院和學校的落成典禮已經過了五天了，遠遠地看見芭比農場的穀物長得綠油油，主人約翰知道稻草人貝克不能負荷如此寬廣的農場，而且貝克獨個兒在廣大的農場裡也覺得寂寞無比，如今迪克來到此地幫忙看管，芭比農場主人及夥計們都甚為高興，然而，最為高興的人莫過於是稻草人貝克了，當稻草人迪克第一天到農場時，他舉起了雙手高舉快樂地揮舞著，他高興迪克的來臨的心情，是難以用筆墨來形容的。

稻草人迪克看見了貝克，高興的打招呼，如今，他千里迢迢的來到這一個農場，心中的感受是甚覺新鮮無比，他看見芭比農場是多麼地廣大，飽滿的五穀雖然仍是綠綠，卻可以意識到它們會隨著天氣開始泛黃，各種各樣的鳥兒飛來飛去，麻雀們大都停棲在高高的電線桿上，烏鴉們喜歡聚集在橡樹，他們在大樹上築巢，知更鳥的巢則建立在矮矮的樹叢裡。知更鳥快樂地唱著四季的歌，這些鳥兒們看見農場裡有來了一位新的稻草人，甚為慌張，到處飛翔到處張望，他們不敢飛到芭比農場的穀物上，但是他們仍在樹上歌唱和咕咕地叫著。

稻草人迪克比貝克年紀大，照顧農場的經驗也比較豐富，但他卻沒有倚老賣老的模樣，他知道自己來到芭比農場是一個客人，他也知道自己來此地的使命，他不但要為芭比農場的新主人服務，同時，他也要讓他的老主人安迪農場的李察引以為榮。

迪克，經驗雖然很豐富，卻很謙虛地擔當了重責大任，為芭比農場的穀物作了無比的努力來保護，他除了與稻草人貝克有很好的溝通外，他也依自己多年的經驗與鳥兒們建立很好的關係，希望藉此機會，能與此地的鳥兒們成為好朋友，更希望鳥兒們懂得不要啄食穀物，而能為穀物啄食害蟲，好讓這些穀物收成良好，帶給人們有豐富的糧食補給，更讓主人約翰有了好收入，讓芭比醫院和芭比學校有更多的經費來源。稻草人貝克看見迪克的服務態度是多麼真誠和用心，他除了感激迪克的幫忙外，更是虛心地向他學習著。

珍重再見

梅爾、露西、蘿拉和查理和吉米等一家人，在表弟約翰的家裡度假一星期了，他們愉快的與姑媽瑪莉相處，姑媽除了每天都很快樂又精神好外，她更顯得年輕了起來。約翰的兩個女兒更與蘿拉和查理和吉米成了最好的朋友，他們一起玩著電動玩具和電腦，一起唱著快樂的歌，梅爾、露西夫婦倆也陪著姑媽瑪莉來到教堂祈福平安，蘿拉和查理和吉米也和表妹們上了主日學校，他們可真快樂極了。

在芭比農場的幾天裡，他們來到芭比農場後院花園，看看那棵茁壯的蘋果樹，他們都知道這一棵蘋果樹，曾經是芭比農場的稻草人傑克的前身，他們也很感激稻草人傑克曾經對於芭比農場的奉獻，如今稻草人傑克已經是一棵果實纍纍的蘋果樹，他們都向蘋果樹點頭尊敬示意，他們從蘋果樹上採集了幾個紅蘋果，露西準備將這些摘下的紅蘋果，帶回家，做了她拿手的蘋果派。

快樂的時光總是過得特別快，梅爾露西一家人也該回去南部肯特郡，他們仍得回去工作和讀書，他們依依不捨得就要離開年老的姑媽。

要離開姑媽瑪莉的那一天清早，梅爾露西一家人也來到芭比農場與稻草人迪克話家常與說再見，他們看見稻草人迪克，站在遠遠的一片大農場裡，向著他們手舞足蹈地招呼叫著：「梅爾、露西、蘿拉、查理和吉米快點兒過來吧！芭比農場的場地非常地寬廣，農場裡的麥子，長得肥肥鼓鼓和壯壯的，我和長得很帥氣的稻草人貝克已經是好朋友了。」

蘿拉、查理和吉米沿著田埂飛也似的急奔到稻草人迪克那兒，梅爾、露西一家人緊緊地握著稻草人迪克的手說再見，離別總是依依不捨的，這一次離別，將會有很長的日子才能再見面，稻草人迪克心中是多麼地難過，梅爾和露西更是有感而發地說出心中的話：「迪克，你坐鎮在這麼寬廣的一個大農場，你得好好地照顧自己，全能的上帝福祐你承擔這麼大的責任，我相信神賜與你不畏懼狂風暴雨和大雪的侵襲。」

梅爾露西也說著：「迪克，我們緊緊地握住你的手說感謝，相信新主人約翰會好好照顧你和感激你，你的老主人李察更會在南部的農場為你祈禱，祈神福祐你一切順利並且祝福你，我們將來會再與你見面的。」露西和蘿拉更是依依不捨地流下了眼淚而哭泣著。

梅爾、露西一家人與姑媽和約翰全家們親吻道別，梅爾更緊緊地擁抱著姑媽，離別是難過的，姑媽心酸地留下了淚滴而不能說出話語，梅爾為姑媽擦拭著眼淚，同時關照著約翰多多照顧姑媽的用心，然而，天下哪有不散的筵席，只有互相祝福平安，珍重再見，後會有期了。

芭比醫院和巴比學校的福祉

芭比農場的主人約翰，自從芭比醫院和芭比學校設立後，達比鄉村的市政廳和居民也特別的表揚他的善舉。芭比學校的規模非常地大，達比鄉村的孩子們，可以在這一所學校從小學唸到大學畢業。大學的學科有醫學系、護理系、商學系、財政管理系等等，甚至於還有農學系，值得稱許的是，醫學系和護理系的畢業學生可以到芭比醫院服務，商學和財政管理系的學生可以到約翰的財務和進出口公司服務，至於農學系的學生更可到芭比農場就職，這是一個實務與教學最好的學校和研習場所。

約翰對達比鄉村的村民子弟是多麼關心與愛護，而且設想得周到又齊全，他的奉獻精神使人敬佩，也深深地受到達比鄉村村民的讚美。

由於芭比農場非常的寬廣和忙碌，約翰的農夫們為這一大片的麥田，除了

需要灌溉施肥鋤草外，農夫們在整個夏季可說忙碌得汗流浹背，每一個農夫們都非常刻苦，又非常努力的耕耘這一塊幾千頃的麥田，土地雖然是主人約翰所有，然而，卻是芭比學校和芭比醫院的資金來源，主人對於每一個農夫都像自己的兄弟一樣的對待，這是每一位農夫都非常敬佩的。

稻草人迪克自從來到芭比農場，服務也已經有了一段時日，他兢兢業業的努力克盡責任來為主人約翰效勞。

稻草人貝克有了稻草人迪克來幫忙看管這一片大麥田，可真的開心極了，我們可以從他每日舉手歡呼的動作，看得出來他的快樂和歡心，稻草人迪克年紀比貝克大，經驗也比貝克豐富，所以論經驗論年齡都可算是貝克的長輩，然而，迪克是多麼謙虛和禮讓，使得貝克更是尊敬萬分，而多麼虛心的向迪克學習。他們倆在芭比農場不分晝夜，不辭刮風下雨，都熱情地歡呼農夫們，他們不僅是農夫的朋友，也說服了一些頑皮的鳥兒懂得珍惜穀物不糟踏，甚至於他們趕走了不少不聽話的鳥兒，而對於有教養聽話的鳥兒，同時也做了很好的人際關係，那就是鳥兒不吃麥穀，而是幫助農夫們除去穀蟲，對於稻草人迪克和貝克在芭比農場的努力效勞，主人約翰和諸多農夫們可真的滿意極了。

芭比農場的主人約翰，農夫們和稻草人貝克和迪克像是住在一個大家庭裡，他們相處得非常的和諧，芭比農場裡是一個充滿著快樂和歡心的農場，是充滿著無窮希望的大農場。

稻草人迪克

第三輯

魯濱草原的老鼠平平

魯濱草原的歷史

英國北部有一個著名的郡名為約克郡，約克郡有很多的山，其中有一座小山，名叫魯濱山，魯濱山因為山兒不高，所以有些人就稱它為魯濱高地。魯濱山緊鄰馬頓山，因此魯濱山離馬頓山的達比鄉村不是很遠，要去約翰的芭比農場也很近。

魯濱山離附近的平原和台地較近，冬天偶爾會下雪，然而雪量不大，山上有一座森林名為魯濱森林，那兒是春暖花開，冬暖夏涼的好地方。

魯濱森林是著名的森林地，森林裡的樹木有很多種類，尤其在夏季時，橡樹的樹木茁壯，樅樹高聳挺拔，松樹終年蒼翠，蔥鬱的樹蔭濃密遮天，所以吸引附近拉尼巴森林的動物有如松鼠家族、兔子家庭來此玩樂，更遠的芭芭拉山的黑熊家族也常常來此避寒或是找朋友。

魯濱森林除了吸引動物們來此遊玩外，它更是吸引各種鳥兒們來此棲息和唱歌，鳥兒喜歡來此撫育幼雛和傳宗接代。他們每天分別站在樹梢上快樂地唱，各展歌喉互別苗頭，但從來不爭吵也不打架，每天日子過得是快樂而平安無事。

圍繞著魯濱山有一條清澈的小溪，小溪的名字懷恩溪，那是祖先們為了感恩上帝賜予而取的名字，懷恩溪環繞著魯濱山腰，小溪周圍就有很多不同的草地，其中較為寬廣無際的草原，那就是魯濱草原了。

魯濱草原有很多的野草，野麥和果樹，這些果樹有很多種類，比如有梅樹，梅花最為堅強茁壯而不畏寒，並且具有堅忍不拔的特性，花開是選在最為寒冷的冬天裡。李花笑口常開地迎接春神來報喜，白茸茸的花穗開滿了整棵樹，當微風吹拂，樹枝搖曳，白白的花兒隨風飛舞著整個山頭，遠遠地看似紛紛的白雪飄絮，櫻花花兒開放得艷紅而耀眼，粉紅色的蘋果花兒芬芳撲鼻，真是美麗極了。

老鼠家族

魯濱草原由於寬廣無際且平坦，圍繞著草原並住在當中的有很多種的小動物，比如老鼠、兔子、松鼠、田鼠、獾和狐狸等等。魯濱草原這些動物們都有自己的家族，這些家族中以老鼠的家族為最大，老鼠家族多，他們住在這個草原已經有很多年，繁衍後代長達好幾世紀，也有了自己的鄉村、市鎮、醫院、學校和商店。

在老鼠的社會族群裡，小老鼠自小就必須接受良好的教育，教育的課程有很多，例如必須學會捕捉食物，學習如何避免危險，避免危險就是要學會預防和攻擊，學習勇敢的打仗和保護，學習如何面對困難和失敗，學習如何與人相處，相處的道理就是對於長者要尊敬，要有禮貌，懂得感恩，對於幼小或是弱勢者要懂得自動自發的協助精神，要扶老攜幼，與朋友相處要和樂融融，要有

愛心，和互相幫忙，對自己要有信心和刻苦努力。

老鼠們的各個家庭平常都很忙碌，每年隨著一年四季他們也有了自己的節日，例如豐收節、過年、婚禮、生日等。節日裡他門相聚吃點心，蛋糕和各種好吃的食物，也一起歡樂唱歌和跳舞。

魯濱草原西北邊有一個小鎮，小鎮的名字就叫做威林。威林小鎮雖然不大，但有學校和商店，其中有幾條街很有名，街上有賣書，賣麵包、賣水果和賣衣服，鞋子的商店，還有離這些商店稍遠的街尾有一個小工廠，這一家工廠的名字就叫格服工廠。格服工廠是專門編織毛毯子和毛衣的工廠，工廠雖然小，但是他們對於顧客服務得很周到，所以他們織出來的產品很受歡迎，生意也很好。

在這一些老鼠家族裡，有一對老鼠家庭，他們住在威林小鎮的依爾街的一座平房裡，房子雖不是很大，卻整理的乾乾淨淨而且非常的舒適，麗麗和威廉就是這屋子的主人，他們倆年紀都大了。他們以前年輕時都在格服工廠工作，如今雖然退休，但仍是格服工廠資深的工作者，所以當格服接了很多訂單，而工廠忙不過來時，老闆格頓先生都會請麗麗和威廉在家代工幫忙，麗麗和威廉也樂於幫忙來增加收入和消磨時間。

麗麗和威廉他們有兩個兒子和一個女兒，兒子和女兒都已經結婚，他們分別住在附近的另幾條街上，女兒珍妮在附近的超級市場工作，珍妮有一個兒子名叫平平。平平今年七歲，是威林小學的一年級學生，珍妮由於白天要工作，所以在平常的日子裡，學校放學後或是學校放寒暑假時，平平就必須來到外祖父母的家裡，由祖父和祖母代為照顧，平平長得很可愛，也很乖巧，甚得祖父母的疼愛。

忙碌的日子

這是一個夏末初秋的早晨，太陽已經微笑在山頭，一隻隻的鳥兒也分別站在樹梢上快樂地唱著歌，他們的歌聲輕快而富節奏，他們以婉轉悅耳的歌聲，祝福著人們有了快樂的日子，烏鴉的聲音雖然粗糙，卻深具男性的魅力。夏天的蟬兒唧唧聲也頗為熱鬧而吸引人，喜鵲雙雙在草原附近飛來飛去，他們為了今年好過冬，總是到處找尋乾草編織更好的巢。

平平和媽媽珍妮一如往例的來到祖父母的家裡，平平跟著媽媽說聲再見就逕自進入祖母的家裡，他看見祖母的客廳有一卷一卷的毛線球，而房間裡是充滿織布機扎扎的聲音。

平平聽到織布機裡夾雜著祖父威廉的大嗓門：「麗麗，我親愛的，請你將你的線球織得快一點兒吧！你是知道的，我們必須按照格服工廠給我們的期限

來完成，最好不要有所耽誤。格頓先生，這一兩天就會來看看我們已經完成了多少，而且他還說要在下個星期六送到山上那個大房子的主人那兒，所以我們得趕緊加油吧！」祖母麗麗很小聲地說：「是的，我的老先生，我聽到了，不過，我也得請你將毛線球送得快一點兒，還有，你得將你的喊叫聲放得小聲一點。」

婆婆麗麗總是喜歡和公公威廉鬥嘴，他們的年紀雖然大了，然而，彼此逗趣仍然沒改，但是卻不會因為逗趣，而失去彼此之間的情感。

平平進了客廳向祖父母打了招呼：「公公婆婆早安。」然只聽到織布機機機扎扎的響，卻沒有聽到祖父母的回應，是不是他問安的聲音太小，而公公婆婆沒有聽到，或是公公婆婆兩個人又在吵架了？於是，平平將自己的嗓門給拉大聲了一點，同時以好奇地眼光問著：「公公婆婆你們好，你們是在做什麼？為什麼這樣地忙碌呢？」

婆婆麗麗回答：「我們正在織地毯。」

平平問著：「是為哪一戶人家編織這麼大的地毯呢？」

婆婆麗麗回答：「就是為住在威格山頂上的那一個大富人家名叫吉姆布朗先生所訂購的大地毯，是附近的格服工廠的老闆格頓先生所接的單子，因為格服工廠最近的生意好，員工忙得不過來，所以格頓要我們幫他的忙代為加工來完成，於是我和你的公公威廉，也就答應了。」

平平問道：「格服工廠是個大工廠，他們有很多的工人，為什麼還需要你們來幫忙呢？」

婆婆麗麗回答著：「平平，格服工廠雖然有很多的工人，但是，難道你忘記了，婆婆和公公都是從格服工廠退休的，我們都是最好的格服工廠員工，我們有了豐富的工作經驗，所以格服工廠的老闆很喜歡我們在家裡幫忙，我們雖然退休了，但是多多少少還可以幫格服工廠的忙，而每天也可以打發時間，並

賺一些零用錢，不是很好嗎？。」

平平問：「你們既然這麼忙，那麼我可以來幫忙嗎？」

婆婆麗麗回答：「平平，機器太重，你會搬不動，而且織毯子時，手腳要長，手和腳上下推動，需要動作快，平平你還小，你有這一份孝心和愛心來幫公公和婆婆的忙，我們很高興，你是一個很好很乖的孩子，等你長大了，就可以來幫我們的忙，而且你一定會是一個好幫手。」

平平問：「既然我不能幫忙，那麼，我能為你們做些什麼好呢？」

婆婆麗麗回答：「你可以玩玩具或是到書房看書和作拼圖遊戲。」

平平是一個很聽話的孩子，於是他就到書房找尋有趣的書，他選了幾本書來閱讀，其中有一本是《黃金的探險》。

這本書的名字非常的吸引人，書皮的封面畫了一座小山，山兒不高，有很多的樹，小山旁有一條漂亮的小河環繞著，小河蜿蜒崎嶇，河兩旁有綠地，風景很是美麗，往山上的遠遠路途還有很多野草和森林。

寫這一本書的作者就是彼得布朗，彼得布朗就是吉姆布朗先生的曾曾祖父，書中寫出，當年彼得如何置身前往高山上尋寶的冒險和經驗，書中有黃金的藏寶圖的樣本，彼得發現藏寶圖後，如何登上不同的山巔來尋找黃金的探險故事，這一本書給平平無限的啟示，平平一面看著書，一面將所看的重要資料也記錄下來，平平看得都幾乎忘記了置身何處，他十足地被這一本書給迷住，好像身歷其境了。

平平偶而會抬起頭來，看著婆婆麗麗和外公威廉仍然繼續地忙碌著，時間過得真快，時近中午吃飯的時間，平平看見婆婆正忙著，於是他自個兒走到廚房裡為祖父及婆婆準備著三明治和下午茶，他小心翼翼地端到客廳，並且叫著婆婆和公公休息，由於機器扎扎的聲音很大，婆婆他們並沒有聽到平平的叫聲。

於是平平提高了嗓門大聲地叫著：「公公婆婆現在是中午吃飯時間了，我已經為你們準備了三明治和英國茶，請你們快點兒休息吧！」

這一次的大叫聲婆婆終於聽見而回答了：「平平真是乖孩子，真懂事，公公和我會馬上來吃你做的三明治喔，謝謝平平的幫忙和用心。」

吃完了午餐後，由於已經答應格服工廠的老闆格頓先生在本星期六交貨，公公和婆婆仍需要繼續織著毯子，平平也很懂事地不干擾，繼續閱讀這一本很有趣的書《黃金的探險》。

時近下午，突然間門鈴響了，平平跑去開了門，原來是格服工廠的老闆格頓先生來拜訪，平平很有禮貌的與格頓伯伯打招呼說：「格頓伯伯，你好！」格頓先生也回應道：「小平平，你好。」

平平請格頓伯伯到沙發上坐，並且很快地到廚房燒開水，他聰明又懂事地學著婆婆泡茶給客人喝。

公公和婆婆與格頓老闆打了個招呼，他們暫時停止手邊的工作，坐在沙發上一起與格頓談著工作的進度，格頓先生跟威廉爺爺說：「我並沒有特別的事情來訪，只為了來看麗麗在織地毯時是否有什麼問題，並且確認在本星期六能夠給我貨，而讓我能夠依約按時送至吉姆布朗先生的家。」

麗麗告訴格頓先生說：「我們相信織好的毯子，沒有瑕疵，時間上也能趕得及在星期六完成而讓你能送去，所以請格頓先生不用擔心。」

格服工廠的老闆格頓先生是一位很會做生意，又是一個很有愛心和仁慈心的老闆，於是他繼續說著：「今年的暑假假期裡，我和太太都很忙，都沒有時間陪著小孩，我和太太為了讓我們能夠很輕鬆的玩樂和休息，計劃在星期天全家人去郊外野餐。想問問麗麗婆婆和威廉公公，我們是否也可以邀請你們和我們全家人一起前往，我的太太她會準備很多的食物和點心。」

婆婆麗麗很高興地回答著：「好啊！那真是一件太好的事情，我和威廉也曾經談論過，等貨一出去，我們還計劃休息一下去旅行，如今你提出去郊外野餐正合我意，我們當然感激你的邀請，真是謝謝。」

平平聽到了要去野餐的消息，心中頗為興奮，於是他也提高了嗓門問著：「公公、婆婆，你們要去野餐，那麼我可以參加嗎？」

婆婆麗麗回答：「婆婆不能答應你，你得問你爸爸媽媽，他們是否同意你一起前往。」

於是平平說：「婆婆，好吧！那麼，我今天回去時，就會問爸爸媽媽是否答應我和你們一起去郊遊。」

婆婆和公公沒有馬上答應可以一起前往，平平雖然有一點兒失望，但是他還是蠻有把握地相信，爸爸媽媽會答應他與婆婆一起前往野餐。

平平回到家裡，看見媽媽準備好了晚餐，今天的晚餐是非常地豐富，有香腸，火腿蒸蛋，玉米濃湯等，每天一家人在餐桌上一起吃晚餐時，媽媽像往日一樣問著平平：「平平，媽媽問你，今天你在婆婆家裡，有沒有很乖地聽從婆婆的話，有沒有惹婆婆生氣，有什麼令你覺得快樂的事情，或是不開心的事情，請快點兒來告訴媽媽，讓我們也能分享你快樂的事吧！」

可是，今天平平卻不像往日那樣地活潑而興奮回答，他默默地低著頭，不說任何一句話，媽媽問了平平的話，卻不見平平抬頭回答，媽媽這一下可真是心急了，她拉起了平平的手，摸一摸平平的額頭，看一看平平的臉，是否平平感冒而發燒了，於是媽媽再問平平是不是身體覺得不舒服，然而，平平只是搖一搖頭，不再吭聲。

媽媽看見平平的態度是多麼的異樣，而與平常是如此地不同，更為著急和焦慮了，媽媽再問平平是不是今天不愉快或是不高興？媽媽的關心和愛心是多麼地濃厚，此時平平知道自己對媽媽的態度是錯誤的，那是一個沒有教養的孩子，才會做出來的粗野態度，平平感覺這樣的態度是不對的，於是心有歉疚開口說話了。

平平說：「媽媽，請問你，這一個星期天，你忙嗎？我可以和外公、婆婆以及格服工廠的老闆格頓先生全家人到野地裡去野餐嗎？婆婆說他很尊重媽媽，她不能答應我一起去，因為她要我回來問媽媽和爸爸是否同意我和他們一起前往遊玩。」

平平終於鼓起了勇氣和媽媽說了心中的疑問，他同時昂起頭來看著媽媽的臉，期待著媽媽的回應。

珍妮平常工作忙碌，白天工作時，都是自己媽媽幫忙帶著平平，照顧著平平長大，媽媽平常白天幾乎沒有時間休息，雖然平平與婆婆有濃厚的情感，然而，為了使媽媽有充分的時間休息和休閒，理應不應該再讓平平前往，但是看見平平的眼神裡充滿著期望的態度，這下子可真為難了珍妮。

珍妮思索了一會兒，為了讓平平有個快樂的童年，和有值得回憶的旅行經驗，珍妮終於答應了平平的懇求，於是珍妮抱住了平平，並給他輕輕的一吻：「平平，我的小乖乖，媽媽答應你與婆婆前往野餐，但是有一件事情，你得記住，一路上你得聽公公和婆婆的話，而不可以亂跑，免得發生意外和危險。」

平平聽到媽媽答應了，他心中有多麼高興，他快樂地跳躍起來，他感謝並且給媽媽一個深深的親吻，同時說著：「媽媽，我的媽媽，我答應一路上會聽公公和婆婆的話，而不會亂跑，免得發生意外和危險，而使你擔心和難過。」

平平吃完了晚餐，他自個兒走到自己的房間裡，開始準備著星期天郊遊要穿的衣服和厚外套，他也準備了一些紙巾和急救藥膏和小睡被，同時他依著布朗先生所寫的那一本書：「黃金的探險」的書內容，準備了一些登山工具，有鐮子、指南針、鍋子、打火機、繩子、大釘子、地圖、雨衣、雨鞋等等都裝進了他的小藍色的背包裡，平平準備好後，跟媽媽說聲晚安就上床睡覺了。

珍妮也為平平準備了三明治、水果、果汁、點心、乳酪、蛋糕、巧克力和糖果等等。

去野餐

星期天的早晨天氣非常的晴朗，瘦瘦的平平背著兩個大背包，由媽媽陪同來到婆婆的家裡，婆婆和公公以及格服工廠的老闆格頓先生一家人，都已經在門口等候，媽媽珍妮和平平說聲再見就又趕著去工作了。

平平和格頓打了個招呼，格頓看見了平平的背包特別的大也特別的重，於是他開口問了：「平平，你的包包裡裝的是什麼東西，為什麼這麼重呢？」

平平陳述著：「格頓伯伯，我的包包裡裝有媽媽珍妮為我準備的三明治，水果、果汁、點心、乳酪、蛋糕、巧克力和糖果，還有我自己所準備的一些安

全的鍋子、打火機、繩子、大釘子、地圖、雨衣雨鞋等等物品。」

格頓說：「平平，我們有準備三明治等吃的東西，你可以不用帶得這麼重的鍋子。我的背包裡已經塞滿，而且我已經背了三個包，我恐怕沒有空間可以為你背。」

平平回答著說：「沒有關係，我是一位小男生，我可以自己背，謝謝伯伯。」

於是，大夥兒各自背著背包，在格頓老闆的帶領之下，大家肩併肩一起往野餐的方向前進了。

公公和婆婆自從將地毯給織好，而格頓在星期六也依約將織好的地毯和其他窗簾等需要的東西送到吉姆大富的家後，他們兩個老人家身心也倍覺輕鬆，對於能夠和平平、格頓一家人一起去野餐，感到非常愉快，格頓和太太和公公婆婆走在前，而平平和格頓的兩個女兒也都各自背著大背包，在後面一起跟隨著。

▲背著厚重書包的平平和他的朋友肩併肩一起往野餐的方向前進。

浩浩蕩蕩的一群隊伍，在晴空萬里的日子裡，他們沿著衛恩河，經過了蘋果園，看見粒粒的蘋果雖然還未成熟，但綠中帶一點粉紅顯得非常亮麗。他們爬過了藍梅園，採集一些藍梅，也經過很多帶刺的黑梅園，甜甜酸酸的黑梅可真迷人，平平一面採集一面忙著品嚐，他的嘴角都是藍和黑顏色的果汁汁液。他們經過了一片寬廣的番茄園，這一座番茄園非常地有名，主要的原因是附近的超級市場都有賣，著名番茄園盛產的番茄非常好吃，綠中帶有粉紅的番茄果實在艷陽的照耀下顯得特別的美麗，一群人跟著番茄園的農夫約翰打了招呼，農夫約翰也熱情地呼喊著：「格頓老闆，你們要去野餐嗎？祝你們一路愉快。」

格頓老闆也回應道：「是的，謝謝，也祝你的果園豐收。」

約翰的番茄蔬菜園非常的寬廣，就在蔬菜園的另一端裡，有一個穿著黃衣衫和條紋狀的黑色長褲，頭戴著一頂寬草帽的稻草人，黃衣衫上還綁著碎碎的紅絲帶。這一個稻草人的打扮非常特別，筆直地站在遠遠的水果園裡，他的名

▲他們這一群浩浩蕩蕩的隊伍欣賞著農夫約翰果園豐收的景象。

字就是柏林，專門看管約翰先生的這一大片的果園，他是這一片果園的看管主人，他認識了格頓老闆，柏林對人很親切，他看見格頓的來到感到很興奮，便遠遠地就用他的碎布旗與大家打招呼。

格頓老闆遠遠地看見稻草人柏林與他打招呼，他與稻草人柏林已經認識了很久，為了介紹年輕一輩能與柏林認識，於是他特別帶領了這一群要去野餐的老少朋友們來到農夫約翰的蔬菜果園裡，與柏林互相認識，柏林高興地與大家握握手，由於時間的關係，他們不能逗留太久，他們得依行程趕快離開繼續前進。

他們又經過了幾處不同的果園，看見寬廣的綠地上有很多不同的橡樹，時近中午的時間了，他們一夥就選了一棵較大的橡樹樹蔭下，而且也較為平坦的綠地上，稍作休息，婆婆麗麗鋪上了一塊大的布巾，大家就坐在大樹下嚐著格頓太太親自做的各種三明治和香腸。平平也取出媽媽為他準備的三明治、乳酪、蛋糕、巧克力和糖果，他們也喝了果汁和英國茶，大家休息片刻後繼續趕路。

他們一群人越過了幾處的綠野和幾座的小山丘，平平年紀雖然小，卻走得快，那是由於他在學校裡，喜歡運動，學校裡有賽跑活動時，他曾經代表班上參加，還曾經獲得了第一名。他們一夥人除了格頓外，有老人也有婦女，所以都比平平走得慢些，平平有時候喜歡快快地走，而趕在大家的最前面，他走到一座小山的頂端，回頭再望一望山腳下的景色是多麼寬闊美麗而大片綠油油的田野，他們都非常地讚賞一路上迷人的景色。

時近黃昏，天色漸漸變暗也變得稍冷了，太陽下山得快，他們幾乎不能再見到陽光，四周環山的霧氣越來越重，不一會兒，霧氣籠罩著前行的路，他們幾乎以微稀的光，摸索著地走到一座木建的屋子，格頓核對著門牌號碼後，確實地那就是大富人家吉姆先生的管家偉明先生的家裡，格頓於是敲著門問著：「哈囉，我是格頓，請問偉明先生在家嗎？也請問偉明太太蘇珊在家嗎？我帶了家人和朋友來看你們。」

偉明的太太蘇珊開了門，她看見大家身上都沾滿霧的濕氣，於是向前招呼著大家快點兒進屋休息，她準備了一些晚餐食物請大家品嚐，大家也吃了幾塊薑做的餅乾，喝了一些牛肉濃湯，溫暖了身心，由於走了一天的路，每個人都覺得疲倦不堪，於是大家稍作梳洗就分別上床休息。

偉明和蘇珊所為他們準備的床非常舒服，一路上來大家走得很累了，所以都有一個好睡眠。

偉明和蘇珊這一對夫妻，真是一對熱心又好心的朋友，他們為大家準備了非常豐富的英國式的早餐，所謂英國式的早餐就是烤香腸、草菇，番茄炒蛋、煮蛋、煎蛋、培根，各種不同的麵包和不同的麥片，還有牛奶和英國茶、咖啡和水果等，英國早餐是非常的豐富而有名。

偉明和蘇珊準備好了豐富的早餐，大家就圍繞著坐在餐廳裡一個大餐桌上，一面聊天一面品嚐著可口的早餐和點心，大夥兒都非常愉快地談笑著，偉

明談到當年吉姆的祖先們是如何成為大富人家的故事，並且他也提到吉姆祖先如何探險而得到黃金的冒險故事，偉明說出的故事是多麼的生動，平平興趣濃厚而仔細的聆聽著，這些故事與平平所看的那一本故事書《黃金的探險》裡所寫的事蹟完全的符合，偉明的這一個故事深受平平的喜歡，他仔細地聽著而陶醉在前人成功的故事裡。

婆婆和公公以及格頓的家屬和平平都非常喜歡主人偉明和蘇珊所準備的英國式的傳統早餐，吃完早餐後格頓向大家說著：「大家好，我們很感謝偉明和蘇珊夫婦如此的熱心，除了為我們準備了晚餐和舒適的床外，同時又為我們準備如此豐盛的早餐，我們除了感謝外，我還帶來了一些禮物贈送給他們夫妻倆，現在讓我們一起鼓掌和說聲謝謝他們吧！」

大夥兒一起鼓掌和大聲地說：「謝謝偉明和蘇珊，我們心存感激，同時也邀請和歡迎你們全家人到我們魯濱草原的地方來作客。」

偉明和蘇珊說：「請大家不要客氣，能有機會為大家服務和相處，那真是我們的榮幸，請大家不要客氣，歡迎你們再來玩。」

格頓又繼續地說道：「由於我們不希望太晚回去家裡，所以我希望大家吃完早餐後，你們可以在偉明和蘇珊家的大花園散散步和休息，在大約一個小時後，就準備著你們的行李，跟隨著我一起邁向回家的旅程。」婆婆和公公也吩咐平平必須準備好行李，以便隨時聽格頓伯伯的指揮而上路了。

平平聽到只是休息一個小時就要回家，他倒是有一點兒失望，自從聽到偉明伯伯談到大富人家的故事後，他多麼想趁此機會也來做一次冒險的體驗。

平平自言自語地說：「是的，既然大家都同意今早就回家，為了能夠多一點時間做探險的體驗，那麼，我就不要去花園欣賞花兒，我不如就到附近的山上走一走，看一看，然後，我希望能趕得及出發的時間回來，與大家一起出門！」

▲偉明和蘇珊家的庭院裡，堆滿了豐收的蘋果和各種水果。

森林探險

單獨出門先去附近的小山繞一圈的主意已定，平平於是整理好了行李，背上了背包，他沒有徵得祖母的同意，只是告訴格頓先生自己想到附近的小山繞一圈就回來與大家一起回家，格頓不疑有他，也因此答應，只是特別叮嚀，必須在大家啟程之前趕著回來，於是平平向偉明和蘇珊說聲謝謝，就預先提前一個小時離開了偉明住所了。

大夥兒吃完了早餐，在偉明和蘇珊的大花園裡散步和談心，約過了一個小時，大家將已經整理好了行李，拿到主人的大客廳裡，與偉明和蘇珊說聲謝謝和再見，同時也等待著平平的回來，他們等待了半個時辰，卻沒有看見平平的人影。

格頓向大家說明，擔心平平獨自前往小山散步，是否會發生危險，於是請

夫人作領隊，依行程帶領其他人回家，而他則匆匆依平平前去的方向尋找。

大家在格頓夫人的帶領下，一起向主人偉明和蘇珊說聲謝謝招待，依依不捨的道別後，就各自攜帶著行李和背包，往回家的路途前進了。

平平由於興致濃厚地到處看看，他忘記了要回偉明和蘇珊的住處與大家一起回家的約定，他走馬看花觀賞了這裡的山景，他覺得這裡的風景實在非常美麗。由於喜愛自然的個性，讓他覺得意猶未盡，為了觀賞更多迷人的景色，拐了一個彎，前往一座當地有名的森林，這一座森林之所以有名，除了景色漂亮和奇異外，尤其令人害怕的是這裡住有各種兇猛的動物，所以當地的人，都不敢隨意的到森林裡，然而平平卻不知道此座山的危險，他只為了欣賞美麗的山景而陶醉了。

他走進了森林，看見森林裡的樹木非常地茁壯和茂盛，這裡的樹都非常古老，而且宏偉地向天伸展，樹齡平均都有幾百年之久。由於樹木茂盛而密集，平平昂起頭來看不到天和雲，森林裡非常的靜謐，唯一聽到的是小鳥啼叫的歌聲。森林寬廣無際，平平似乎越走越遠，好像走不出這一座森林，他沒有看見任何的出口處，他擔心自己已經迷路，心中開始害怕了起來，他東張西望，在森林裡一面走一面找尋出口的指標或是有動物走過的足跡。

平平在森林裡越走越遠，他看見野兔鑽進了樹洞裡，也看見松鼠互相追逐，忽然，他聽到一陣陣的咆哮聲，那聲音似乎從不遠處傳來，那種聲音非常的尖銳和恐怖，似乎是要穿過野地，朝著森林的方向而來，平平走在森林的路上，路是越曲折也越狹窄，平平是真的迷路了。

恐怖的聲音越來越接近，此時，平平的心中真是害怕極了，他緊張地快跑，慌張地東找西找，試著能找到一個可以藏身的地方，由於心中緊張又慌亂，他試著躲在一堆土石塊的後面，他也嘗試著躲在低矮的樹叢裡，然而他都覺得不妥，他想爬到樹上躲藏最為安全，然而，他不曾爬過樹，他自己也沒有

學過爬樹，他猶豫著，可是事到臨頭，他沒有選擇的餘地，只好依樣學樣地學著松鼠爬樹的功夫，他不怕身體的擦傷，一步一步的往樹上爬去，終於，他爬到樹葉最大和最多的隱密處，他兩腳夾住了大樹枝，他伏著樹幹努力地控制著自己慌張顫抖的身體，他靜靜地等待觀察。

尖銳恐怖的聲音終於走進了森林，那是一群狐狸家庭，他們的嘴巴各自咬著一隻雞，雞咕咕而可憐地啼叫聲，使人聽起來非常的傷心和難過，狐狸一面撕裂著雞，一面四周環視著，平平擔心著是否會被狐狸看見，雖然他的四隻腳在顫抖，但是他不敢出聲，他不敢移動身體，只能屏住了呼吸，靜靜的往樹下看著。

這一群狼吞虎嚥的狐狸群，將被撕裂的雞羽留在地上，又往前行，平平可真不忍心看見這一樁令人傷心的場面，他在樹上傷心的掉下了眼淚，然而為了自己生命的安全，他也只能靜觀而耐心的等待著狐狸的離去。

天色漸漸的陰暗了起來，平平知道迷了路，但是，他並不知道自己待在森林裡，已經有一段時間了，如今已過了中午，為了躲避狐狸的侵襲，使他耗了很多的時間找尋躲避處，看見狐狸已經走了，他的心中稍微平靜，才發覺自己已經陷入了森林的迷宮裡，此時，他想到公公、婆婆、格頓及其他人，一定會為了找不到他，而非常的擔心和難過，於是平平開始慌張了起來，小心地從樹上爬了下來，他必須趕快的找出能離開森林的路徑，以便於能趕得上大夥兒，他一面走著一面哭泣地叫出了聲音：「格頓伯伯，我是平平，我在森林裡，我迷路了，我很害怕，快來救我。」但是，森林寬廣又陰深，沒有聽到有人回答的聲音。

有驚無險

自從平平一早離開而尚未歸隊後，格頓老闆到處找尋平平的下落，雖然他沿著平平前去的方向找尋，然而，平平為了好奇心而轉進了森林的另一個方向，這是格頓先生沒有想到的，由於森林非常的寬廣，他到處找尋仍不見平平的任何行踪，他不知道平平的去向，他雖擔心，但仍然努力地找尋平平的足跡。

格頓老闆找不到平平，心中非常的慌張，他到處呼叫著平平：「平平，我是格頓伯伯，你在哪兒？我正在森林裡找你，平平你不要害怕，快叫我，快回答我，倘若我有聽到你的聲音，就會知道你的方向，就容易找到你了。」但是沒有任何人的回答，只聽到格頓自己的回聲。

突然，他看見有另一座大森林就在眼前，於是他不顧一切地進去找尋了。

他同樣地走進了平平所走過的這一個非常寬廣的森林，森林裡奇異的植物多而巨大，是很多野生動物喜歡聚集的地方。一到午後，出外遊玩和尋找食物的動物都幾乎要趕著天暗之前回巢，所以森林四周顯得特別的陰森和安靜，忽然地，一陣陣的咆哮聲又從遠處漸漸接近了森林，格頓伯伯找不到平平，心中非常地著急，現在又聽到這恐怖的咆哮聲，他擔心自己已經陷入了危險的巢穴，更擔心平平的安危。

由於咆哮的聲音漸漸地接近，森林裡漸漸的陰暗，各自在危險的森林裡找尋彼此的平平和格頓，聽到恐怖的聲音，不敢前進，他們舉步維艱的倒退回森林，就在這一個緊張的時刻裡，卻有一件幸運的事發生了，那就是他們不知道彼此已經肩併著肩而撞擊了，在害怕和驚慌的情況下，平平和格頓各自發出了聲音：「你是誰？怎麼撞到了我？」突然地，他們終於認出了彼此的聲音，認出了是自己人，平平希望此時能很興奮地叫出聲音來，然而，就在這緊急之

▲平平在最危險之際，非常的鎮定，他快快的爬到樹上，摒住了呼吸不敢吭聲，他看見醉醺醺的野狼們正跳著舞。

際，兩隻動物都不敢大聲尖叫，他們為了安全，為了能夠互相照顧而不再迷失，行動必須一致，於是他們急急忙忙地爬上了相同的一棵樹，各自找到了樹葉密佈的枝幹裡躲藏著，他們屏住了呼吸不敢發出任何的聲音。

咆哮的聲音接近了，一群張著爪牙利齒，跑得匆匆忙忙的野狼，來到了森林裡，靜謐的森林頓時充滿了血腥氣氛，平平和格頓老闆都屏住了呼吸，他們低著頭往樹下看，而靜靜地等待著。

他們看見一群大野狼闖進了森林，其中較老的兩隻野狼手中抓著兩隻大野兔，活活的野兔掙扎著，野狼向來是殘忍有名，但是卻沒有狐狸的聰明和狡猾，他們跑著氣喘著，看起來，好像已經是跑得很久、很遠也很累了，老野狼暫時把抓來的野兔放在地上，他們以為野兔已經被抓到了，野兔跑不了了，於是，在未品嚐兔肉前，他們把野兔放在中間，野狼圍繞著野兔的四周圍舉行了慶功宴，他們興奮地環繞著，高興地跳起舞來。

兩隻喘喘欲死的野兔子，身上滿是被抓痕而流血的痕跡，趁著大野狼們正在歡樂而醉醺醺的時候，這兩隻兔子很聰明而有氣無力地一步一步的慢慢移動腳步，匍伏著往附近的大叢林的方向移動，平平和格頓在樹上看見這一場驚險的情景，他們心有戚戚焉，為了這兩隻兔子，心中感到緊張和害怕，但是，他們倆都不敢出聲，只有靜靜地觀看著受傷的兩隻兔子為了生命而掙扎，慢慢移動身體的可憐樣。他們為這兩隻兔子捏了一把汗，唯恐兔子們為著自己的生命而落失了機會，又擔心兔子們欲脫逃的動作會被發現，因而再次被抓回去而又成為野狼的晚餐。

這一群野狼似乎已經飽餐而醉醺醺，這兩隻兔子只不過是為了明天的早餐而事先準備，野狼們又叫又唱又咆哮，歡樂得已經忘記自己手上尚有野兔待看守，他們醉醺醺而快樂地唱和跳，並不知道一路上帶著走來的野兔子已經逃之夭夭。野狼雖兇猛但是非常的愚蠢，不懂得任何生命在面臨死亡時的最後一刻的掙扎時，其力量是無比驚人的，如今雖然抓到了兔子，也未必就能吃到。吃得飽飽並喝得醉醺醺的野狼們，似乎已經忘記自己放在地上的兩隻兔子的事情，他們一面咆哮吼叫，一面跳著舞往前面的方向去了。

格頓伯伯看見野狼醉醺醺而搖搖晃晃的往前離開，其咆哮的聲音也漸行漸遠，為了照顧平平的安全，他向平平比了個手勢，他要平平暫時留在樹上，等著他下來看看四周是否安全，野狼是否已經全部撤離後，才讓平平從樹上爬了下來。擔心附近還有其他可疑野獸的出現和襲擊，平平和格頓伯伯都不敢發出聲音，他們盡可能地快點兒離開這一個危險地帶。

太陽還未下山，相信森林外面會是暖和而陽光照耀的大地，然而，森林濃密而顯得較為陰暗。格頓伯伯牽著平平的手，趕快地四處尋找出口，同時更希望能找到往回去的方向。幸運地，他們在稍微不濃密的樹蔭下，看見了有一道光射進，他們找到了出口，於是他們兩個非常的高興並跳躍著，他們知道朝這

一個出口的方向，也就可以找到安全回家的路了。

平平和格頓伯伯終於走出了讓人迷惑和危險的濃密森林，格頓抱緊了平平而高興地叫出了聲音，格頓老闆說著：「平平，我們終於獲得了自由，我們不再害怕了。」平平大聲地哭著，他流著眼淚，頭依在格頓伯伯的肩上說著：「格頓伯伯，都是我的錯，我以後絕對不敢再做如此愚蠢的事，請伯伯原諒我吧！」

格頓伯伯緊緊地抱住了平平而安慰著：「平平不要哭不要難過，你還是一個小孩子，你雖做錯，也不要難過，你是個上進的孩子，只是很好奇而具有冒險的精神，以後，你只要知道做任何事情總是要小心，現在不要太自責了，我們快點兒趕路吧！否則你的公公和婆婆是會擔心的，來吧！我們快一點兒走吧。」

平平說聲：「謝謝格頓伯伯的原諒。」

格頓雖然吩咐太太帶著大夥兒在半路上慢慢走和慢慢等，然而，他害怕大夥們等得著急，於是格頓伯伯牽著平平的手，快點兒走，快點兒跑，真希望能很快地趕得上其他人。

搭船回家

平平的公公威廉，婆婆麗麗，格頓的太太和兩個孩子，他們雖然走在前面，但是他們的腳步是緩慢的，他們是一面走，一面等，一夥兒希望在太陽下山之前能夠回到家，也相信平平和格頓兩個人是不會發生意外，但是因為天色是越來越暗，天氣也越來越冷，心中更是掛念著平平和格頓的安危，雖然繼續的往前行，大家卻是心事重重，腳步沉重而默默的走著。

在回家的計劃路線圖上，格頓是如此地寫著：回家的路線有兩種選擇，

第一選擇，倘若天氣晴朗，時間又不是很晚，則依照去野餐的路線原路走路回去；第二選擇，倘若離要回家的路途仍太遙遠且天色太昏暗時，則必須選擇坐船回家，較為快速和安全。由於天色已經漸漸地昏暗，倘若沿著河邊走，就要花很長的時間才能回到家，於是，他們按照格頓的第二計劃，選擇坐船回家。

如今威廉爺爺和麗麗婆婆等一夥人就快到水鼠安安所經營的船碼頭，本來對於格頓和平平的安危很有信心的麗麗婆婆，這時真的愁眉苦臉而更為之擔心，於是婆婆麗麗開口說話問：「威廉爺爺，我們就要到水鼠安安的船碼頭，卻一直沒看見格頓老闆和平平的身影，不知他們現在在哪兒？我可真擔心得很，倘若我們決定搭船回去，而他們倆並不知道，則這可怎麼辦呢？我看威廉你得想個法子啊！」

如今，威廉是他們這一群隊伍中的唯一男性，由於年紀大，他除了必須照顧自己好外，還得顧前顧後地為大夥兒的安全而更加注意，他一路上雖然跟著大家一起往前走，然而，他的心中卻一直擔心著平平和格頓老闆的安危，如今事到臨頭，麗麗婆婆說得對，他不能只存著擔心而不去想法子呢？

聽到老婆麗麗的叫聲，更提醒了威廉，威廉必須冷靜地想法子，他左思右想地終於想到了，於是他對大夥兒說：「為了顧慮到大夥兒的安全，相信平平和格頓一定在我們的後面，我們可以在這一個碼頭等候船隻，較為暖和，在等候的時刻裡，同時可以等到格頓和平平的來到，這真是兩全其美的事情，於是我決定依照我們的第二計劃，到水鼠的船公司上等候船，同時拜託老板水鼠，非得等到人時才開船，那麼，坐船除了能夠等人外，還可以省了很多的時間，同時也較為安全，你們說是嗎？」

麗麗婆婆回答著說：「是的，親愛的老頭子，你終於想通了，我們都同意你的想法，我們跟著你前進，你帶路就是了。」於是，他們來到水鼠的船運碼頭。

船運碼頭

船運公司的老板水鼠嘟嘟和威廉曾經是老同學，他們也都是好朋友，嘟嘟自從學校畢了業，曾到船運公司做事，有了經驗後，他就自創了船公司的行業，而威廉則在格頓的爸爸的地毯公司做事，雖然嘟嘟和威廉有了自己的家庭，但是，大家彼此都有保持聯絡，所以水鼠看見威廉時，感到非常的親切，他們互相招呼和擁抱。

嘟嘟是生意人，他懂得如何來招呼客人，他親切的向大家打個招呼：「威廉和大家好，你們要坐船是嗎？歡迎你們，雖然才剛剛開走了一班船，下一班船則需等三十分鐘，但是很快地就會按時間來的，倘若你們要坐船，就到候船室裡等較為溫暖。」

威廉為大家買了票，並且向嘟嘟說明要他幫忙等候另兩位稍晚才會來到的

要求，只見嘟嘟一面聽著一面點頭，威廉也一直感謝著，於是大家拿著自己的票，就在碼頭的候船室裡等著要開往魯濱草原的船。

過了二十多分鐘，眼看著等候的船隻就要來了，婆婆麗麗心中著急得如熱鍋上的螞蟻，她在候船室裡坐立不安的走來走去。

船來了，大夥兒依次的上了船，威廉和嘟嘟還在碼頭上等候著，他們昂起頭四處的張望，威廉的心中可焦急如焚，就在船要開的幾分鐘裡，忽然聽到有人的大叫聲，船老闆水鼠嘟嘟非常地機警，他看見遠遠地有兩個黑影，往碼頭的方向跑著叫著，而且聲音和人影也漸漸地接近，嘟嘟仔細地看清楚，原來那兩個就是大家擔心而苦苦等候的平平和格頓，於是大夥兒齊聲歡呼叫著，他們高興的都拍起手來歡呼著，婆婆麗麗更是如獲珍寶，高興而感動得都掉下了眼淚而大聲哭了起來。

平平和格頓終於來到了碼頭，當平平看見公公威廉和婆婆麗麗時，他大聲

的哭而跪了下來，並且一面哭著一面說：「公公婆婆和大家好，真對不起，都是我的錯而害得大家為我操心、難過和等待，我真該死，請你們原諒我吧！」公公威廉快點兒扶起了平平，同時安慰著說：「平平不要難過和自責，你學到了經驗，以後要謹慎小心，做任何事情都必須顧前顧後，而左思右想才好，更要有團隊的精神，大家會原諒你，你快點兒起來，快點坐到船裡去吧。」

嘟嘟看見了這一情景，他也深深地受了感動，因此願意為他們親自服務一程，於是大家坐好了位置，船真的準時往魯濱草原行駛了。

嘟嘟是一個親切會做生意的老闆，他又是一個善解人意而富感情的人。猶記得小時候，他和威廉兩個，都坐在教室裡的同一排，威廉長得高大而壯，水鼠則較為瘦弱而小，雖然他們住在不同的村落裡，但是在星期假日裡，他們時常一起拿著魚竿到河邊釣魚，由於水鼠時常去釣魚，所以特別的喜歡與水為伍，水鼠從學校畢了業後，就選擇當划船釣魚的漁夫，由於善於划船釣魚，進而為當地要渡輪的朋友服務，如今，水鼠嘟嘟與老鼠威廉又再相遇，嘟嘟可真的興奮得很，也願意親自為他們服務。

嘟嘟真為他們的重逢高興，看見威廉和大夥兒有談話聲有笑聲，船裡頭充滿著歡笑和快樂聲，他也分享著他們的高興而興奮了起來，從小喜歡作詩和唱歌吟詩的嘟嘟，也隨興地唱起詩歌來了。

嘟嘟的靈感來了，他心血來潮作起詩來，於是他也唱出了這一首來興詩。

水鼠的來興詩是：

歡心齊唱

微風輕輕的吹
槳兒慢慢地滑

小船越過橋
綠油油的山崗在兩旁
樹蔭遮了陽
牽牛花張開喇叭齊聲唱
落日餘暉在西邊
照亮了天上片片雲彩
閃爍了蘆葦泛白了花
鳥兒快樂趕回巢
嘰嘰喳喳說不停
魚兒跳躍歡欣游上游下
友誼誠可貴誠珍惜
昔日越野釣魚抓蝦猶在前

高興歡樂與君再相聚
祝君一路順利平安
子子孫孫一籮筐
朋友後會有期
望珍重再見
好好地照顧自己

水鼠一面划著船一面觀賞著河岸兩邊的樹叢，他看見粒粒的藍梅掛在樹梢，他也看見黑梅攀爬在樹叢的勇敢，它開著白色的花，有些花兒已經結苞而長出了粒粒的黑梅，顆顆又大又亮麗。他今天可真高興看見了老朋友，他高興得能夠與威廉再相聚，由於大家平常都很忙碌，哪怕只是少許的時間，然而也真的值得珍惜了。

▲他們就要搭著水鼠嘟嘟所開的船回魯濱草原。

平平快樂地靠在婆婆麗麗的懷裡，他不再害怕不再哭泣，他感到無比的安全。

一路上大夥兒看著夕陽的餘暉，一面說著這一天所發生的事情和經歷，水鼠很高興地能夠與鼠輩家族分享他們的冒險故事。船兒已經來到了魯濱草原，大夥兒依序的離開了船而登岸，水鼠給大家最為親切的吻別，並且給大家良好的祝福，祝大家好運。

水鼠一面划著船，一面揮著手和大家說再見，期望大家後會有期，他的船也慢慢的離開了岸邊，而往回頭的方向回去了。

平平的媽媽珍妮已經在魯濱草原的岸邊碼頭等候，她真高興媽媽麗麗和爸爸和平平及大夥兒一路平安地回到了家，更高興平平有了好的經驗和好的學習。她知道這一次的經驗帶給平平對自己會有信心的，她感謝格頓一路上對大夥兒的關心和照顧，更感激格頓原諒了平平的頑皮，對於平平的愛護和照顧，

她心中對於格頓的感激真不知如何來表達，於是她給格頓作最為親切和感謝的一吻，也感謝格頓的太太和兩個女兒一路上對於自己母親、父親和兒子的照顧。

天色已經晚了，於是大夥兒互相擁抱，說聲珍重再見，就各自離開了碼頭而回去自己的家。

第四輯

芭芭拉山的巫婆姊妹

幽默河的歷史

英國北部的高地向來就有很多高山和小丘陵，其中以約克郡為最多，蜿蜒崎嶇環繞著山腰的是河流，這些河流在約克郡的高山和小丘陵自高而下湍湍地流著，這些河流中以幽默河最為有名，流經的地帶最為寬廣，也最為長遠。

幽默河的四周是綠地，綠地上有了禾草，叢林，以及很多種類的樹。

小叢林點綴在綠野裡，總是有很多野花爭相攀爬，尤其以野黑梅攀爬的最優先，黑梅是梗堅硬並帶刺的植物，也是佔有欲最為強烈的植物。這些黑梅一到了春天就吐芽新綠並綻放了淺黃色的花。到了夏天，顆顆粒粒的黑梅長得圓圓滾滾，粒粒多汁的果實，農夫和鳥兒們都喜歡，這是夏天最受歡迎的天然又營養的果實。

攀爬在小叢林的另一種芳香的花，就是金銀花。金銀花不像黑梅帶刺，也不似黑梅梗莖的堅硬和兇猛，相反的，金銀花有了非常溫柔的樹枝和莖幹，總是倚著叢林而攀升，非常的溫柔而受到人們的喜歡，金銀花到了夏天是一樹繁花，黃花和紫紅花夾雜著綻放，芳香又美麗。美麗的鳥兒最喜歡在她柔軟的花叢上唱歌，蜜蜂和蝴蝶則更喜歡鑽到花蕊裡，採著甜甜蜜蜜而黏黏的花液。

幽默河的水流日以繼夜不停的流，水流涓涓唱著歌，幽默河唱的歌聲輕脆而迷人，河水不但供給鳥兒和動物的需要，更是約克郡居民的主要水源。人們一定會覺得奇怪，為什麼這一條美麗的河流會叫幽默河呢？

倘若你問當地的居民，他們會向你解釋著說，那是因為祖先曾經當官，他的名字叫幽默，他是一個健談又幽默的紳士，他的手下和部屬對他非常的服從和忠心，他的管理方法和處事為人，都會以幽默的口語來相待，與國王相處甚為融洽，常以幽默的口語來為國王解憂和處理國事，所以甚得國王的重用，國

王就賜給他寬廣的土地和和美麗的古堡，流經古堡的一條美麗河流就被賜為幽默河。

幽默河流經了無數的山，山腰有很多的農場和綠野，野地裡的夜晚靜謐，只聞蛙鳴蟲唧，有一輪明月高高地掛在無際的天空上，銀色的天空，顆顆粒粒的星星閃爍地與月兒眨眼。

幽默河之有名是因為它的源頭是來自芭芭拉山，芭芭拉山是約克郡山嶺中最為美麗的高山，山勢高又雄偉，山上有一座森林名叫蕾恩溪森林。蕾恩溪森林裡種有很多大樹，這些樹都已經有幾百年的歷史，有如終年蒼翠蓊鬱的松樹，粗壯而豪邁的橡樹，挺拔的白楊樹，高聳入雲而排列整齊的槐樹和榆樹，也有幾棵榕樹等等。蕾恩溪森林也因為有了這一條幽默河而著名，森林上的樹也隨著季節的更替，蒼翠，開花，落葉金黃而飄飄然，冬天會下雪。

安德魯古堡

芭芭拉山上有一座美麗宏偉的古堡，那就是安德魯古堡，安德魯古堡是一座古老的建築物，它建於十五世紀的英國都鐸王朝時代，所謂英國的都鐸王朝也就是亨利王七、八世和英女皇伊麗莎白一世的年代，也就是一四八五至一五五八年之間；而都鐸王朝時代的建築模式就是採取「歌德垂直式」與「帕拉迪奧式的建築」，這一種建築在十六世紀前半葉風行於英國，也就是英國國王亨利七世、愛德華六世的在位期間。

根據建築史料，都鐸式的起源於西元一五三四年，英國都鐸王朝的亨利八世，為了婚姻問題和羅馬天主教廷決裂，此後一段時期大型的宗教建築活動因此停止，新貴族們開始建造舒適的官邸，這種情況下，混合著傳統的歌德式和文藝復興風格的都鐸建築應運而生，最初是為有錢人家或貴族建造的，以後才

陸續被民間所使用。

都鐸建築形體複雜起伏，保留歌德式建築的塔樓，但構圖中間突出，兩旁對稱，是文藝復興建築的特點。此外，都鐸時期出現了許多露木結構的民間住宅，這種建築深色的外露木構架和白色的牆壁形成鮮明的對比，極具民族特色。

一般來說，都鐸式特點為有突出的交叉骨架山牆，也有兩個或者三個磚石砌的大煙囪，並有裝飾線腳；牆體採用磚石及抹灰等材料組合而成，這類建築喜用凸窗，用狹長的窗扇組成，雙懸式或棱形窗也較普遍，入口用石料砌成拱形邊框，非常的特別。

安德魯古堡既然是一座古老的建築物，自有他特別古怪的地方，古堡的創辦人是一個魔術師，這一位魔術師名叫德偉先生，德偉先生來自於一個貧窮的家庭，他的父親雖然受過教育，卻僅僅是當地一個小教堂的牧師，夫妻一共生

了十二個孩子，德偉是家中的老大，從小因為家裡窮，小學畢業後，他的父母沒有錢供應他再繼續升學。德偉是一個既聰明又懂事的孩子，他看見父親微薄的薪水，要供應一大群孩子的生活費，確實非常的困難，於是當他十五歲時就離開了家鄉而到外地去工作賺錢，來幫父母分擔一些家庭的費用。

德偉的父親雖然是一位窮牧師，卻是一個很虔誠的基督徒，家庭非常融洽美滿，由於工作的地點是在教堂，所做的事情就是傳播主的福音，對當地教友和居民都非常的熱心誠懇，所以他的傳教很受當地人的歡迎，他也因此認識了很多朋友。

經過教會裡父輩的一個朋友介紹，德偉離開了父母和兄弟姐妹們，而來到一個馬戲團裡工作，由於年紀小，他從最為基礎的小工作開始學習，那就是在馬戲團裡當跑腿的小弟，掃地和飼餵動物，他對於動物很有愛心，是動物們的好朋友，他聰明，工作認真，從來不抱怨，當了多年的小弟工作，由於他的認

真和富愛心，深受老魔術師的賞識，老魔術師願意收他為徒弟，於是，德偉開始學習如何當魔術師，他的領悟力和學習的能力都很強，不久他就成為老魔術師的得力助手。

德偉參加的馬戲團是一個大而特別的團體，他們有很多種的節目，比如他們有各種的動物作雜技表演，動物馴師騎不同動物的技術功夫表演，輕捷武術，獸師與動物之間的滑稽的動作，還有小丑的笑料和說故事，美麗成雙成對的空中飛人的韻律操表演，以及魔術師令人難以想像的變幻藝術，他們提供各種節目娛樂觀眾，更希望他們開心。這一支馬戲團不但很有經驗而且水準相當高，他們在英國到處表演，很受人們的歡迎。

德偉長大了，他在這一個馬戲團也有很多年了，他是這一個馬戲團裡的魔術台柱，他努力的賺錢，除了幫助家裡的生活費外，自己也努力的積蓄。他結了婚，他的太太就是魔術師的女兒，魔術師也是這一個馬戲團的大老闆之一，

德偉不辭辛苦，努力的工作，其敬業精神很受老魔術師的賞識，於是德偉也漸漸地接管了這一個越來越龐大的馬戲團裡的業務和推展。

德偉成家有了孩子，有了積蓄，他要尋找屬於自己擁有的大地方。他發現了芭芭拉山是一個好地方，於是他用所存的錢請了建築師蓋了這一座古堡，德偉是一個很孝順的孩子，自己有了成就，除了負責照顧年老的父母外，也照顧了弟弟及妹妹們，他為弟妹們在古堡附近蓋了很多房子，也為他們買了很多的土地，建設了農場來耕種、飼養家禽和動物，他的兄弟姊妹們，高高興興的團聚在芭芭拉山的四周圍，並且也經營了幾座農場，照顧動物和栽種水果和蔬菜。

經過幾個世紀，安德魯古堡仍舊是一座非常好的建築物，圍繞在古堡的四周圍是寬廣的綠地和草原，還有很多大小不等的農場。德偉的家族非常的龐大，自都鐸時代的祖先，相繼地傳宗接代，子子孫孫們擴展了大小不等的農

場，各個農場也都經營得很好，農場裡各有稻草人坐鎮，稻草人在農場裡負責看管著農場，他們的工作非常的辛苦，一整天都筆直地站在農田裡，抬頭看見一望無際的天空，農田的四周圍都有田埂作為每一塊農田的分界線，安德魯古堡的建築非常的宏偉，遠遠的可以看見安德魯古堡高高的頂尖，矗立在芭芭拉山的山腰上。

安德魯古堡經過了幾百年的傳宗接代，子子孫孫們已經有了很多，他們散居在約克和英國其他都郡裡的都市和鄉鎮，住在古堡裡的子孫們幾乎每個人都懂得魔術的技巧，他們擁有最大的馬戲團，後代子孫的成年人在馬戲團裡表演魔術，他們學會了在空中飛翔，小孩子們也多沿襲德偉在每年萬聖節裡表演和出外遊玩，甚至於作義務表演，來慰勞農村的村民和約克鎮裡的居民。

溫柏頓古堡

安德魯古堡裡的家族很多，經過幾代的傳承繁衍，古堡必須擴大或是增建或是另建大小不等的古堡。這些家族中有一個是從德偉兄弟姊妹中名叫安娜的分支家族，安娜小姐與一位貴族結婚後就不是住在安德魯古堡了，他們有了自己的古堡，這個古堡的名字是溫柏頓古堡。溫柏頓古堡雖然不大，然而也是一間頗為傳統的都鐸時代的建築，是使用橡樹的木頭而承建的黑框木頭古堡，這個黑框木頭房子頗耐人尋味，而且這一支德偉旁系家族是一個很奇怪的家族，他們擁有自己廣大的農場，農場裡種了各種的五穀，蔬菜、水果並養了各種的家禽，比如雞、豬、牛、羊、馬等等，由於家族擁有的田地和家禽已經足以過著豐富的生活，更有餘力照顧家族和親戚以及為古堡工作的家庭和眷屬，所以他們向來都不對外接觸。

溫柏頓古堡裡的人和環繞在古堡周圍的居民等，由於經過幾十代，甚至於幾百年來都不對外接觸，所以向來都被外界的人們議論紛紛：「住在溫柏頓古堡和四周圍的人盡是巫婆和巫師。」無論人們的議論是否正確，然而古堡裡的人和附近的居民確實都很古怪，而發生在這一棟古堡屋子裡的事情又特別得多，每一個故事都多麼古怪得讓人難以想像，但是，他們的故事都會讓人百聽不厭。

住在古堡裡的兄弟姊妹，都長得帥氣、漂亮和古怪，這些兄弟姊妹們不但會有變魔術的技巧，而且還能自由在空中飛翔，由於不願意公開露面，也不顧別人的議論紛紛，所以都在半夜裡穿上了黑鞋，黑垮服、披風並戴上了黑帽，而寧可在明亮的月光裡自由自在地在空中飛翔，和閃爍的星星細語談心。

第四輯

芭芭拉山的巫婆姊妹

巫婆的曾祖先

說起溫柏頓古堡的故事，更是耐人尋味而樂趣無窮。安娜就是這一個古堡的開先祖母，安娜與貴族結婚後，她擁有無數的土地財產、珍珠、黃金和珠寶首飾等等，為了保全她的後代都能擁有這一些財富，於是她除了勤加練習魔術外，還跟一位巫師學習咒語。

她很認真的學習，研究得精深，而且她將自己所學的咒語和巫術的功夫，寫成了很多本書，由於她研究的魔術和巫術都很高深老鍊，她對於生命的解釋有其獨特的見解，她懂得如何活得長久的方法，所以她活得很久，還寫出養生學，甚至還有無字天書，這一種無字天書不是每一個人都可以閱讀，能讀出這一種無字天書的人必須是一個有教養，有學問有良好品德修養的人，這一種人將書一打開就能讀出書內所寫的字；倘若是一般人，打開書要閱讀時，書中所

▲萬聖節盛會的三個大南瓜就是代表著芭芭拉山溫柏頓古堡內的三位巫婆姐妹，她們的名字是波妮、麗西、溫蒂。

顯現的只是空白。

由於安娜的許多著作，加上採購其他的書牘也很多，所以溫柏頓古堡裡有一個大的圖書館來藏書，安娜既然是一個出奇的人物，與其說是一位巫婆，不如就說她是一位神仙吧，溫柏頓古堡既然是一座讓人猜不透的大古堡，當然她的後代子孫也都接受了這一傳統，不是成為魔術師，就是成為巫師和巫婆，或是修行良好的神仙。

巫婆姐妹

如今住在溫柏頓古堡裡有三個巫婆姊妹，溫蒂是巫婆姊妹裡年紀最為年輕的小巫婆，她的年紀小，還不懂得巫術的術語，她很羨慕年紀比她大的兩個姐姐，她的大姐姐名叫波妮，二姐的名字麗西，大姐幾乎知道所有的魔術語和

飛翔技能，由於她能自由自在的飛翔，所以她知道芭芭拉山附近的大森林裡的樹，而且這些樹中最為強壯的那一種樹，還有哪幾種樹可以作為飛翔棍和魔術棒，她也到處尋找香草，她使用香草來酢汁而作成各種的草藥。

溫蒂很害怕兩位姐姐們生氣，因為如果她不乖，或是不聽話或是吵鬧不安靜，姐姐對她的懲罰就是唸出一種很特別的巫術咒語，然後溫蒂就會全身發抖不能站好。姐姐的教育就是她必須從小就要接受良好的訓練和懂得規矩，因為住在古堡像是一座皇宮，會有很多的佣人和部屬，倘若從小沒有接受良好的教育訓練，就不懂得照顧和管理整棟的古堡和周邊的農場，以後又如何當古堡的主人？

溫蒂必須懂得愛姐姐和遵從姐姐的教導，縱使她不高興時，仍須聽從不能反對，姐姐的嚴厲態度時常讓她怵目驚心，但是她也無從反對，因為她們的父母很早就過世，扶養著她長大的是自己的姐姐。

大姐波妮和二姐麗西時常在廚房裡，使用小火在大鐵鍋子裡燉煮從芭芭拉山取回來的各種香草來作草藥，這些草藥都是用來治療為古堡工作的工人和他們的眷屬，這些工人倘若生病，姐姐波妮就當起了醫生，來為他們服務，溫蒂她們雖然是巫婆，可是她們對於宗教的信仰很虔誠，她們是有愛心和憐憫心的巫婆，備受古堡內的佣人和古堡以外地區的其他巫婆，以及當地的人們的稱讚。

兩個姐姐出外採藥草時，溫蒂就必須一個人待在古堡裡，自己看書和學習。姐姐波妮是一個心地善良的姐姐，每當她在燉煮草藥時，溫蒂在一旁觀察和學習，大姐姐很有耐心和愛心，都會循循善誘而和悅地開導著溫蒂，所以她們姊妹相處得非常愉快。

二姐姐麗西在廚房裡煮草藥時，溫蒂只能靜靜地站在一旁看，而且不能出聲說一句話，因為二姐煮香草時，無論她花了多少時間來燉煮香草，香草不但煮不爛，而且還是原來的一根根模樣，所以都做不成草藥，那就是說二姐的咒

語失敗了，但是二姐總是不承認自己的咒語失敗，她時常怪罪於當她在燉煮草藥時，溫蒂說了話，所以才會使草藥做不成，溫蒂問了二姐姐：「二姐姐，為什麼草藥沒有做成與我說話這件事會有關係呢？」

草藥沒做成，二姐不高興，溫蒂的這一句話，甚至使二姐姐大發脾氣，她大聲地笑著、罵著，然後又出氣在溫蒂的身上脫口說：「溫蒂，因為你年紀小，又不好好的讀書，你知道嗎？你就是必須先把書給讀好，然後你才會懂得我的巫語技術，你才能了解我的藥材沒有成功的原因，我的草藥不成功的咒語功夫，是一種特殊的語文，更需要花很長的時間來學習，所以你必須要有耐心地去學習，你才懂得我的特殊咒語法，你不努力學習，只會問我原因，那你就是會成為無用的人，你就是會被社會給淘汰的人了。」二姐姐提高嗓門不高興的繼續說著：「我的草藥做不成，是因為那是我獨到的功夫，我的獨特功夫就是不讓草藥做成，而永遠使香草保持新鮮。」

溫蒂覺得二姐的理論奇特無比，但從另一個角度來說，認為那是姐姐對於巫術咒語沒有學習得好的另一種解釋罷了。

二姐姐麗西是一個很沒有耐心又脾氣不好的巫婆，她的一番話把溫蒂罵哭了，她哭得非常的傷心和難過，溫蒂很尊敬兩個姐姐，然而二姐的脾氣不好，較為凶悍而自私，她不會主動的來教導溫蒂如何學習，她也沒有耐心來教導溫蒂如何飛行，每當溫蒂做錯了事情，往往只會對溫蒂破口大罵，溫蒂是一個善良而仁慈的孩子，她不要讓大姐姐來分擔她的難過，她也不願意二姐姐更為不高興，她學會了忍耐而只是自個兒躲在房間裡，默默地流眼淚。

溫蒂是大姐姐最為疼愛的妹妹，溫蒂退一步想，二姐脾氣好的時候也很照顧著她，而且二姐的話也有她的道理在，溫蒂雖然年紀小，但是她懂得家和萬事興的道理，也只能聽二姐姐的話，努力學習，努力研究，才能成功，然而她應該從何處著手呢？她動搖了信心，想不出好辦法來，想得頭痛而睡著了。

大姐姐波妮懂得多，較為博學，心腸較為善良也樂於幫助人，但是她是一個忙碌的醫生和總管家，溫柏頓古堡裡裡外外，大大小小的事情都須經過大姐的授權和裁決。大姐雖然很希望有時間多陪著小妹妹，但是總是抽不出時間，可憐的溫蒂，她希望自己能成為最強又最好的巫婆，但是她又不知如何來學習？

大姐長得漂亮而身材苗條，她有一頭非常漂亮又捲曲蓬鬆的紅頭髮，她是一位頗為能幹的女巫師，每次大姐在唸巫術咒語時，她必須戴著寬邊的黑色大帽子，穿著黑色的大蓬袍，兩腳穿著尖頂黑色的長統鞋。大姐平常說話時，聲音非常的輕聲細語而迷人，笑聲是輕輕而溫柔的微笑，但是當她在唸咒語時，發出咒語時的聲音是多麼的低沉又巨大無比，她高舉了雙手說著：「咪咪咪咪嘿嘿嘿嘿，咪咪咪咪，嘿嘿嘿嘿，變變變變變，變變，咪咪咪，嘿嘿嘿嘿，咪咪咪，變變變變。」這是大姐的咒語發揮強烈的效用時，所表現的震撼力量。有機會聽到她在唸咒語的人，一定會覺得非常恐怖而害怕發抖的。

溫蒂每天都必須到學校與老師學習巫術和咒語，她也要學習如何飛行，可是無論怎麼努力，她的聲音總是脆弱而發不出嘿嘿嘿嘿嘿的恐怖聲；她雖然穿上了黑色的袍，但是無論怎麼努力試著飛，還是飛不起來，還有，當她要試著飛行時，掃帚棍都會被折斷，那是因為她的咒語不能生效。溫蒂確實有一點兒頹喪，可是無論碰到如何的困難，她要用腦筋仔細的想辦法，還要再繼續努力，才能克服失敗啊！溫蒂都會用積極的態度來鼓勵自己。

有一天晚上，大姐和二姐在廚房裡討論著農場發生的事情，她們喝著酒，吃著點心，大聲的唱著歌，笑著，跳舞著，她們非常興奮地談論著，從她們的談話中溫蒂聽到了兩件令人鼓舞和興奮的大事，那就是安德魯古堡將舉辦世界最大的萬聖節紀念會，所有散居世界各地，而為老祖宗德偉後代的子弟們都被邀請參加，紀念會裡將會有盛大的宴會和唱歌跳舞，同時也有豐富的晚餐招待，舉辦的時間就定在萬聖節，因為那一天是世界性祭神的大節日，也是老祖

▲溫柏頓古堡內的女巫波妮，她是一位聰明又飽學的仁慈姊姊，也是一位最有權威而能幹的古堡總管。

宗德偉的誕辰紀念日。

另一件事，就是巫婆總部每年都會舉辦巫婆友誼聯誼會，每年舉辦的聯誼會都會選一個地點來舉行，今年比賽的場地就選在溫柏頓古堡，她們將邀請世界各地的巫婆來參加盛會，在萬聖節的那一天晚上，來到溫柏頓古堡，參加巫婆變魔術和大咒語比賽，同時也作空中飛行表演，這兩件事情是多麼令人振奮的大事啊！

可憐的溫蒂沒有咒語的語文，也沒有掃帚棍和魔術牌，她如何能參加比賽呢？

兩個姐姐都說她的年紀還小，還不能出外看熱鬧，也不能參加比賽，溫蒂可真懊惱自己把魔術棍給折斷了，可憐的她頹喪的坐在凳子上，低著頭流下了眼淚，她傷心自己沒有變魔術和發揮咒語的能力，她難過這麼好的大事，自己卻沒有機會能出去跟大家一起玩。

萬聖節盛會

萬聖節那一天終於來臨了，溫蒂的兩位姐姐是個大忙人，她們除了要參加在安德魯古堡所舉辦的世界最大的萬聖節紀念會外，由於也是身為溫柏頓古堡的大主人，因此還得要趕回到古堡為巫婆聯誼會而準備，她們必須準備很多的食物和甜點，招待來自世界各地的巫婆朋友們。

溫柏頓古堡所有的農夫和工人們都忙碌著慶祝萬聖節，他們都攜帶家眷來參加這一個一年一度的大盛會，舉家歡慶著，古堡上上下下都非常的熱鬧，晚上的煙火更是閃爍輝煌，一個個聰明的魔術師和巫婆們互相競爭著他們自己所研究的高深咒語，誰都想成為有名的魔術師和巫師，大家都努力的躍躍欲試，溫柏頓古堡四周圍繞著看熱鬧的人群，古堡的空中更有很多的巫婆表演飛行技術。由於溫蒂沒有咒語的語文能力，也沒有掃帚棍和魔術牌，她不能參加比

賽，只能在廚房裡幫忙做各種的甜點和蛋糕，她真沮喪極了。

突然，門鈴響了，溫蒂開門看見一個穿著黑色衣服，戴一頂黑色尖頂帽子的小孩站在門口，他的名字叫雷格，溫蒂知道這一個男孩，那是她在學校裡認識的同學。雷格和溫蒂在學校裡都是一起學習，雷格是一個非常聰明的孩子，在學校的每科成績都非常的優良，雖然成績很好，但他不驕傲，而且很樂意幫助其他同學，很受老師和其他小朋友們的喜歡，他是溫蒂在學校裡的好同伴，由於是萬聖節，家家戶戶都在參加慶祝活動，小孩子們也都被允許可以晚一點上床睡覺，於是他來到溫柏頓古堡，邀請了溫蒂與他同行去遊山玩水和見見朋友。

雷格對溫蒂說：「溫蒂，你好，我來邀請你一起去飛行和遊玩，好嗎？」

溫蒂說：「我不能與你同行，因為你飛得很快，而且天色這麼晚了，我必須等著姐姐們回來。」

雷格說：「你不用擔心，我一定會在你姐姐回來之前，把你給帶回來。」

溫蒂知道雷格有最為強烈的魔術語，他的走路就像風兒一樣地快，他和雷格是在學校裡的要好朋友，溫蒂不疑有他，於是就答應與他同行。

溫蒂學著大姐穿上了紅色的袍服，披上了一件黑色的長披風，戴上了一頂黑色寬邊的尖頂帽，腳上穿上了一雙紅色的尖頭馬鞋，可是她沒有魔術棒，也沒有魔術咒語。

雷格舉起雙手來放在胸前，嘴裡唸著魔術語：「呵呵呵呵呵呵，變變變變變，呵呵呵呵呵，變變變變變。」雷格是一個男孩子，當他念魔術語時，聲音低沉而不發出奇異的笑聲，唸魔術語後沒多久，一根魔術棒就出現在雷格的眼前，於是雷格和溫蒂就像是空中的小鳥一樣飛了起來，他們越過了溫柏頓古堡的尖頂，俯望圍繞在古堡的四周圍是人山人海，霓虹燈閃爍輝煌，喧囂的人群跳躍歡唱。他們飛向無際的天空，看見了光潔的月亮，閃爍無比的星星與他們眨眼微笑，溫蒂太高興了，她和雷格一路上談笑著，雷格帶著溫蒂來到他的家，雷格媽媽很歡迎溫蒂的拜訪。

雷格媽媽的名字叫著露絲，是芭芭拉山魔術學校的老師，她的祖先也是來自安德魯古堡創始人德偉的兄弟之一，她受過很好的教育，是一個很有學問的老師，露絲心地善良而又富愛心，非常執著於教育，雷格是她唯一的兒子，所以雷格很受媽媽露絲的疼愛。

雷格帶著溫蒂來到他的家中，按上了門鈴，隨即跟媽媽說：「媽媽，我回來了，我帶了我的朋友來看你。」並且又作了介紹說：「溫蒂，這是我媽媽露絲，媽媽，這是我的朋友溫蒂。」

溫蒂看見了露絲老師行了一個禮，同時打了一個招呼說：「露絲老師你好，我是溫蒂，很高興來到你的家，請老師多多指教。」

露絲老師：「溫蒂小朋友，歡迎你。」溫蒂很有禮貌地說著：「謝謝露絲老師。」

露絲老師拿出了自己做的南瓜餅、可口餅乾和蛋糕請溫蒂吃，露絲老師、溫蒂和雷格，很愉快的吃著南瓜做成的萬聖節特別點心，她們一起喝茶、喝果汁並一起閒聊，他們三個人非常開心地暢談著。

露絲老師同時問了溫蒂關於在學校學習的情形，她更為關心的是溫蒂在魔術咒語上的學習進度和收穫，露絲老師問著：「親愛的溫蒂小朋友，你在學校學習魔術課已經有一段時間了，你有興趣嗎？在學習上有什麼困難嗎？」

溫蒂很自然而大方地回答著：「謝謝老師對於我學習上的關心，是的，我在魔術課的學習很認真，也很有興趣，但是老實地說，我確實沒有雷格朋友的聰明，我總是學習得不好，我的魔術語書看得不多，而且看過的書後也記得不是很好，我學習進度慢，耐心度不夠，我在練習飛行時，不但飛不起來，而且也不小心地把我的魔術棒給折斷了，所以我沒有魔術棒，就是想飛也飛不起來了，露絲老師，請你幫助我，魔術的這一課，要如何才能學習得好呢？」

小溫蒂自小失去了媽媽，縱使姐姐們對她很好，但是她們確實忙碌得沒有時間與她分享，況且對她的嚴格教育和嚴肅的教誨，使得她心中感覺失去了愛，當她看見了露絲老師的詢問是帶著微笑和關心時，她感覺心中有了愛，而倍覺溫馨，此時她看見露絲老師就好像看見自己的媽媽一樣，於是眼睛流著眼淚，把心中的委屈和困難，一併地全說出來了。

露絲老師看見溫蒂滿臉的淚珠，聽見溫蒂是如此激動地述說著心中的難處，她備受感動了，於是她向前摟住了溫蒂，並且安慰著說：「溫蒂小朋友，請你不要難過，你會學習得很好的，這裡有一根魔術棒，也有一本魔術語的書，可以送給你，我會指導你學習，我相信雷格會幫助你的，所以你也不要難過，你就好好的跟著雷格學習，我相信你會學習得很好，不要灰心而自己多勤奮努力和多加練習就是了。」

聽完露絲老師的一番話，溫蒂很高興而充滿了信心，於是溫蒂說著：「謝謝老師對我的鼓勵，有了老師的指引和雷格的幫助，我相信我會更加努力，也相信我會很快地學得好，真謝謝老師，也謝謝雷格。」

露絲說著：「溫蒂，我們多麼高興能來幫助你，你也不要客氣了，也不用如此地感謝，只要你有信心，努力地學習，碰到困難時，再接再厲地嘗試，就會迎刃而解，當你有困難而難以解決時，告訴我們，我們能做到的，都會幫助你，和引導你的學習。」

雷格也在一旁說著：「是的，溫蒂，我媽媽說得很對，任何事情開始做的時候都會覺得很難，但是不要因此就放棄，從錯誤中學習，你會得到好成果的。」

溫蒂聽到露絲和雷格的一番話後，她心中是多麼地感動和感激，於是她點頭說：「謝謝老師，謝謝雷格，你們對我真好。」然後溫蒂頭低著，默默不語，她心存感恩。

露絲拿起了一把新的掃帚，同時默念了幾句魔術語，而後交給了溫蒂，溫蒂騎了上去後竟然能夠飛到天花板上了，這樣就表示這一支經過老師祝福的魔術掃帚，是能夠帶領溫蒂飛到任何地方。露絲還給溫蒂一本有效而又簡單的魔術書，一隻黑褐色的青蛙，兩個小鈕扣，一個使用蘋果和蜜糖做成的大蘋果杯，這是一個杯子是很具有咒語效果的，只要舔了一口甜蘋果，就會很聰明，所學的魔術語都不會忘記，而且還會自己發展出更好的魔術語，露絲又給了溫蒂一個大南瓜，露絲對著溫蒂說：「溫蒂，你每天只要加一點這一個南瓜肉在湯裡，你的身體會很健康，而且你會是一個很漂亮，又很仁慈富愛心的女巫婆，你會像你的老祖師安娜那樣的有成就，而且你也會是一個古堡的好主人。」

溫蒂從露絲的手裡接過來這些禮物，接受了露絲老師的祝福，她是多麼高興又感動得掉下了眼淚，溫蒂現在是充滿了信心，她把兩隻手放在胸前，閉上

了眼，她默默禱唸著：「我感謝露絲老師和雷格朋友對我的關愛和教導，祈求神保佑他們都很平安健康，我立誓我要成為一個富仁慈又具愛心的女巫婆，我要做好巫婆的本分和多做好事來幫助人，我要成為很好的醫生，我的草藥會是很成功的藥劑而能救很多人。」

天色已經非常的晚，該是回家的時候了，溫蒂向露絲老師說了謝謝和再見後，就由雷格陪同坐上了魔術棒而朝著溫柏頓古堡的方向回家去了，露絲老師則在自己前院花園揮手目送著。

雷格陪著溫蒂安全回家後，自己也騎著魔術棒快點兒回家，他的媽媽還在客廳裡等著他，他很感謝媽媽給他有了快樂又高興的萬聖節。

由於溫蒂的年紀小，兩位姐姐要出門時總是說她必須待在家裡看家，姐姐們讓她孤單的在家裡，溫蒂為此也曾經非常的難過，然而，自從與雷格和露絲老師見面後，露絲老師以和藹親切的指導著她，她感覺非常的溫馨而有了愛，

▲溫蒂小女巫婆和朋友雷格騎著魔術棒飛向天空，雷格和媽媽露絲揮手再見。

溫蒂已經不再像從前那麼地難過和傷心。

她有了露絲老師送的特別簡便的魔術書，她很認真地學習，每天都學習得很晚，也作了很多的筆記，從學習中她體會到樂趣，從困難中她體會到如何解決，從已經學習的經驗裡，她體會到如何創作，於是也開始編輯可行的魔術方案，很認真一件一件地謄寫和編輯著，同時也一樁一樁地作了實驗。

溫蒂時常在白天的空閒裡，自己散步到圍著古堡附近的綠野地裡採集一些藥草，這一些藥草，她都利用姐姐們出外不在家時，就在廚房裡根據露絲老師給她的醫藥藥方，來蒸煮這一些藥草，經調治而作成藥丸或是藥粉，以便作為古堡的居民有需要時的醫藥。

但是，溫蒂所寫的這一些方案，都只是她依據自己學習的心得而擬寫的，她也作了少許的試驗，然而要怎麼樣才能知道她的魔術方案有效？又如何才能知道她的魔術方案是法力無邊而又很特別的呢？

兩位姐姐喜歡遊山玩水，所以每天黃昏，她們就邀請朋友到處去飛行，她們最為喜歡飛的地區就是安德魯古堡附近的幾座山，那裡的山蜿蜒崎嶇，在空中飛翔很富冒險性，在彩色般的夕陽照耀下，在五彩斑爛的天空中飛行，看見整個大地是多麼地絢爛，各種高低不同的建築物是多麼地美麗，姐姐們更喜歡在晚間飛行，因為在明亮的月光下飛行更富羅曼蒂克。

大姐和二姐她們不分晴天或是陰天一樣地每天到處飛行，甚至於颳著風或是下著雨，她們也都提開著黑傘兒冒險飛行，她們可以說是風雨無阻地到處遊覽飛行。

有一天兩位姐姐按照往例而要去飛行，當她們飛上了天空不久，突然間空中有了急流，她們碰到閃電及打雷，巨大的螺旋風就在前方，當她們發現時，已經來不及閃避了，首先她們的魔術掃帚被打斷，她們只能使用僅存而很短的掃帚棒子盡快地往回家的方向飛行，逆風是非常地困難，然而她們克盡了阻力

才能安全地回家。

姐姐們雖然安全地回家了，然而魔術掃帚棒已經被擊壞，魔術語也不見效了，兩個姐姐因為被風襲擊得身體沒力氣，她們都認為只要休息幾天，疲倦的身體就可以好轉而恢復，可是事隔多天，兩個姐姐都已經提不起精神來，大姐是躺在床上爬不起來，二姐也沒勁癱瘓地坐在安樂椅子上，她們倆的魔術語幾乎盡失。

溫蒂為姐姐們請了古堡裡的醫生來看，醫生問著大姐：「波妮小姐，你是哪兒不舒服？」波妮只能搖著頭而沒有力氣回答，醫生問著二姐：「麗西小姐，你是哪兒不舒服？」麗西只能搖著頭而流著眼淚地沒有力氣回答。

醫生問著溫蒂：「溫蒂小姐，你知道姐姐們為什麼沒有精神和力氣，她們的身體向來是很好，可是根據我的診斷和觀察，她們的身體非常的疲倦，她們失去了以往的活力，她們的魔力也消失，你知道她們的身體為什麼會如此地脆

弱無力，而病得如此嚴重？」

溫蒂只能將自己所看見和知道的事情告訴了醫生，醫生根據溫蒂的訴說以及自己的觀察和經驗，他終於明白這兩位巫婆公主是受到了最為危險的電擊，於是醫生為波妮和麗西開了醫藥方，並且囑咐兩個姐姐必須多多休息，才能恢復健康，同時魔力也才能漸漸的恢復。

溫蒂每天除了必須去學校讀書和學習魔術法外，在家裡她也努力的作功課和寫筆記，溫蒂兩個姐姐生病，古堡裡雖然有名醫和佣人，但是溫蒂是非常仁慈又善良的孩子，溫蒂也一樣照顧著姐姐們。

兩個姐姐經過醫生的治療和溫蒂的小心照顧，漸漸地恢復了健康，她們倆有了精力和精神，也能說話，溫蒂很高興兩位姐姐康復了很多，然而，醫生說：「溫蒂，你的兩位姐姐的魔法需要有新的魔法術和的魔法術語，而且也需要有新的草藥來幫助才能恢復得快，否則如果使用舊藥方，那麼，她們就需要

很長的時間才能恢復健康。」

溫蒂聽到醫生如此說後，她想到了露絲老師教她簡速而又新型的魔術語和草藥的學習都已經練習完成，草藥也已經做成了藥丸，既然有了現成做好的藥丸，藥丸也已經經過醫生的檢驗，的確是很好的藥丸，何不趁此機會讓姐姐們吃，同時以她的魔力為姐姐們唸出最好的魔術咒語，來幫助她們練功，魔術咒語也是經由露絲老師所傳授的新型又好用的秘訣，於是溫蒂在醫生的指導下，為兩位姐姐們施行了最新和最好的魔術法，來幫助她們快點兒恢復健康。

兩位姐姐吃了溫蒂最好的魔術藥學秘方所做成的草藥丸，和溫蒂每天為她們所作的魔術法功，姐姐們魔法力量也漸漸地恢復，她們也能飛翔了，這是多麼令人高興的事情，溫蒂努力的學習已經有了成就，溫蒂除了感謝露絲老師的教導和指引外，她也感謝雷格的幫助，兩位姐姐更是抱住了溫蒂而說出感謝的話：「親愛的妹妹，你的努力學習終於有了成就，我們真為你高興，也引以為

榮。」姊妹三人於是歡樂而慶祝著。

姐姐們的魔術掃帚被風和閃電擊壞了，又加上她們各生了一場大病，如今，身體雖然康復了，但是，她們的身邊卻沒有一支好的魔術掃帚，倘若她們需要像以往的魔術神功，基本上就要有一根很好的魔術掃帚，可是很好的魔術掃帚必須到很高的深山裡尋找，雖然她們倆的體力和神功已恢復，家裡也有簡單的魔術棒，但是，這種簡單的魔術棒，其力量不足以用作遠程的飛行，姐姐們真的懊惱自己的作為。

大姐姐波妮想到了溫蒂是否可以幫忙？她向麗西說：「我們的妹妹溫蒂的功力學習有了成就，那麼，她可以幫我們的忙。」

但是，二姐麗西向來心眼小，又心存忌妒，她回答：「我認為溫蒂年紀小，魔術功力的學習雖然有了長進，但是我對於溫蒂的魔術功力心存懷疑，而且她的功力足夠載著我們倆，去深山裡挖掘最好的魔術掃帚嗎？」

心胸一向寬大的大姐說：「這是一個讓我們的妹妹學習更多的機會，我相信而且也有把握，妹妹有足夠的法力來為我們效勞，倘若妹妹的法力不夠一次承載我們倆，那麼，我們可以分批的前往，如此，不就解決了我們的困難。」

大姐姐波妮對於溫蒂頗具信心，她不顧二姐麗西的想法也不顧她是否會反對，說完了話，就自個兒往妹妹溫蒂的書房去了。

二姐麗西聽到大姐波妮氣沖沖的話語後，竟然說不出話來，而只能傻傻的乾瞪眼在那兒。

大姐姐波妮來到溫蒂的書房裡，她向著溫蒂說：「妹妹，我這一次的生病，是你救了我，我很感激，然而，我的魔術掃帚被風和閃電給擊壞了，倘若我要恢復以往的好功力，必須要有很好的魔術掃帚來勤加練習，然而魔術掃帚必須在深山裡尋找，我想請你幫忙，使用你的魔術掃帚承載著我到深山裡，好嗎？」

溫蒂對於大姐的一番話又驚又喜，溫蒂知道自己的功力和飛行雖然有了長進，但是自己卻沒有真正使用魔術掃帚飛行過，也從來沒有承載任何人在空中飛行，記得上次在空中飛行，那是使用了雷格特別的魔術棒，如今姐姐對於她的魔術法力有了信心，並且要求承載著她到深山裡去尋找魔術掃帚，對於這一個請求，那可真是一件大考驗的事情，她猶豫不決，也需要考量一下。

溫蒂對著於大姐回答著：「親愛的大姐姐，我很高興你對於我的讚賞，可是你要我使用我的魔術掃帚，承載著你飛行到深山裡尋找魔術掃帚，我的體力和法力只不過是個初級，是不足以來承載著你到深山裡，我很害怕自己的魔力是不夠強壯的，而且飛行在空中恐怕會有危險。」

波妮姐姐對於妹妹所說的話並不以為然，同時，波妮姐姐為鼓舞著妹妹，於是，她胸有成竹地說道：「妹妹請你放心，我相信你目前的能力和法力都足以為我服務，至於體力，你有了最好的魔術草藥，它會幫助你的體功，這幾天，你就勤加練習，你一定能達成我的想法，而且我相信你一定會成功的。」

溫蒂對於大姐的鼓勵，非常感激，於是答應了大姐，嘗試著這一次的遠程飛行。

溫蒂每天照著露絲老師的魔術百科全書勤加練習，又有大姐姐波妮在旁的的指導，於是她的魔術法功和飛行技術日益進步，對於再過幾天就要承載著大姐到深山裡，採集最好的魔術掃帚也有了很好的信心。

溫蒂終於完成了大姐的願望，同時二姐也一樣接受了溫蒂的幫忙，如今，大姐波妮和二姐麗西，都有了世界上最好的魔術掃帚，同時吃了溫蒂所做最好的草藥後，她們已經完全恢復了以往的魔術功力，不但可以自由自在的飛行，同時魔術法功也比以前更為進步了。

溫蒂不但能幫助兩位姐姐恢復了健康及魔術法力，同時她自己也更為有信心，她和姐姐們終於能同進同出地到處去遊玩。然而溫蒂不會因此而停止學

習，她更是不眠不休地勤奮學習，她的願望就是要成為最為著名，最富仁慈，最能幫助人，也是最為有成就的魔術巫婆師。

波妮、麗西和溫蒂三姊妹魔術巫婆，每天都很快樂地在溫柏頓大古堡裡生活，她們行善樂施地為古堡和附近的居民以及當地的農民服務，三姊妹更期盼著另一個輝煌的萬聖節的來臨。

稻草人迪克

兒童文學25　PG1703

稻草人迪克

作者／林奇梅
責任編輯／鄭伊庭
圖文排版／周妤靜
封面設計／蔡瑋筠
出版策劃／秀威少年
製作發行／秀威資訊科技股份有限公司
114 台北市內湖區瑞光路76巷65號1樓
電話：+886-2-2796-3638
傳真：+886-2-2796-1377
服務信箱：service@showwe.com.tw
http://www.showwe.com.tw

郵政劃撥／19563868
戶名：秀威資訊科技股份有限公司
展售門市／國家書店【松江門市】
104 台北市中山區松江路209號1樓
電話：+886-2-2518-0207
傳真：+886-2-2518-0778

網路訂購／秀威網路書店：http://www.bodbooks.com.tw
國家網路書店：http://www.govbooks.com.tw
法律顧問／毛國樑　律師

總經銷／聯寶國際文化事業有限公司
221新北市汐止區康寧街169巷27號8樓
電話：+886-2-2695-4083
傳真：+886-2-2695-4087

出版日期／2016年11月　BOD一版　**定價**／250元
ISBN／978-986-5731-67-0

秀威少年
SHOWWE YOUNG

國家圖書館出版品預行編目

稻草人迪克 / 林奇梅著. -- 一版. -- 臺北市 : 秀威少年,
2016.11
面； 公分. -- (兒童文學 ; 25)
BOD版
ISBN 978-986-5731-67-0(平裝)

859.6 105019674

讀者回函卡

感謝您購買本書，為提升服務品質，請填妥以下資料，將讀者回函卡直接寄回或傳真本公司，收到您的寶貴意見後，我們會收藏記錄及檢討，謝謝！如您需要了解本公司最新出版書目、購書優惠或企劃活動，歡迎您上網查詢或下載相關資料：http:// www.showwe.com.tw

您購買的書名：________________________________

出生日期：________年________月________日

學歷：□高中(含)以下　□大專　□研究所(含)以上

職業：□製造業　□金融業　□資訊業　□軍警　□傳播業　□自由業
　　　□服務業　□公務員　□教職　□學生　□家管　□其它______

購書地點：□網路書店　□實體書店　□書展　□郵購　□贈閱　□其他

您從何得知本書的消息？

□網路書店　□實體書店　□網路搜尋　□電子報　□書訊　□雜誌
□傳播媒體　□親友推薦　□網站推薦　□部落格　□其他__________

您對本書的評價：(請填代號　1.非常滿意　2.滿意　3.尚可　4.再改進)

封面設計____　版面編排____　內容____　文／譯筆____　價格____

讀完書後您覺得：

□很有收穫　□有收穫　□收穫不多　□沒收穫

對我們的建議：________________________________

____

____

____

請貼
郵票

11466
台北市內湖區瑞光路 76 巷 65 號 1 樓
秀威資訊科技股份有限公司 收
BOD 數位出版事業部

....

（請沿線對折寄回，謝謝！）

姓　　名：________________ 年齡：________ 性別：□女　□男

郵遞區號：□□□□□

地　　址：____

聯絡電話：(日)________________ (夜)________________

E-mail：____